그녀, 아델

Dans le Jardin de l'ogre

그녀, 아델

Dans le jardin de l'ogre

레일라 슬리마니 장편소설
이현희 옮김

arte

부모님께

아니, 이건 내가 아니다.
고통스러워하는 건 내가 아닌 다른 사람이다.
나라면 그토록 고통스러워할 수 없었으리라.

—안나 아흐마토바,『레퀴엠』

어지러움, 그것은 쓰러지는 것과는 또 다른 두려움이다. 우리를
유인하고 미혹에 빠지게 하는 것은 우리 안 깊은 곳의 텅 빈 목소리,
이윽고 두려움으로 떨쳐내는 추락의 열망이다. 어지럽다는 것,
그것은 스스로의 유약함에 취한다는 말. 우리 모두는 스스로의
유약함을 알고 거기에 저항 없이 빠져 들어간다. 유약함에 취한
우리는 오히려 지금보다 더 유약해져 만인이 지켜보는 거리 한복판에
털썩 주저앉고 싶어 한다. 바닥에, 아니 바닥보다 더 낮은 곳으로
임하고 싶어 한다.

—밀란 쿤데라,『참을 수 없는 존재의 가벼움』

차례

11 그녀, 아델

294 옮긴이의 말
참을 수 없이 절망적인 욕망에 대하여

일러두기

1. 번역 대본은 프랑스 갈리마르 출판사의 *Dans le jardin de l'ogre*를 사용하였다.

2. 고유명사의 한글 표기는 개정된 외래어표기법을 따르는 것을 원칙으로 하되 몇몇 예외를 두었다.

3. 모든 주석은 옮긴이의 것이며 본문 하단에 각주로 표기하였다.

그녀가 버텨낸 일주일. 그녀가 양보하지 않은 일주일. 아델은 얌전히 참아냈다. 나흘 동안 그녀가 질주한 32킬로미터. 피갈에서 샹젤리제까지, 오르세 미술관에서 베르시까지 아델은 달리고 또 달렸다. 아침마다 인적 없는 강기슭을 달렸다. 밤이면 로슈슈아르와 클리시 대로 광장을 뛰었다. 그러곤 일찌감치 잠자리에 들었다. 물론 술 한 방울 입에 대지 않았다.

그러나 지난밤, 꿈을 꾸고 나서부터 더는 잠들 수 없었다. 뜨거운 입김처럼 그녀의 몸속에 스며든 영원히 끝나지 않을 듯 끈끈한 꿈, 떨쳐버릴 수 없는 꿈이다. 침대에서 일어난 아델은 아직 잠에 빠져 있는 집에서 아주 진한 커피를 내려 마신다. 부엌에 홀로 서서 한 발 한 발 떼어본다. 담배를 입에 문다. 샤워기 아래에 서니 온몸을 할퀴어 두 조각으로 찢어버리고 싶은 욕망에 사로잡힌다. 벽에 이마를 찧는다. 누구든 내 몸뚱이를 휘어잡아 이 유리벽에 내리쳐서 두개골을 박살내주면 좋겠어. 두 눈을 감기 무섭게 소음, 한숨, 비명, 오고 가는 고성이 들려온다. 알몸으로 숨을 헐떡이는 남자, 쾌락에 흥건해진 여자. 무리 한가운데에서 잡아 뜯기고 먹히고 온몸이 핥아졌으면 좋겠어. 그들이 내 두 젖가슴을 꼬집고 배를 사납게 물어뜯어줬으면 좋겠어. 식인귀[1]의 정원에 놓인 하나의 인형이 되고 싶어.

그녀는 아무도 깨우지 않는다. 어둠 속에서 주섬주섬 옷을 입고, 다녀오겠다는 말도 하지 않는다. 누구에게가 됐든 미소를 지으며 아침 인사를 나누기에 그녀는 지금 무척 날이 서 있다. 집을 나서서 텅 빈 거리를 걷는다. 그리고 당장에라도 구토할 듯 고개를 푹 숙인 채 쥘 조프랭 지하철역 계단을 내려간다. 플랫폼에 서자 생쥐 한 마리가 그녀

---

[1] 서양 구전 동화에 등장하는 거인. 신선한 살을 좋아해 아이들을 잡아먹는 것으로 묘사된다.

의 한쪽 부츠 끝에서 달아난다. 그녀는 화들짝 놀란다. 지하철을 타고 아델이 주위를 둘러보자 싸구려 양복을 입은 사내 하나가 그녀를 흘끔거린다. 제대로 닦지 않은 앞코가 뾰족한 구두를 신고 팔에 부숭부숭 털이 난 남자. 못생긴 편이다. 어쩌면 잘 맞는 남자일 수도 있다. 한쪽에서 여자 친구를 끌어안고 목에 키스를 퍼붓는 대학생처럼. 아델에게 눈길 한 번 안 던지고 유리문에 기대서서 책만 읽는 오십 줄 중늙은이처럼.

맞은편 좌석에 놓인 어제 날짜 신문을 집어 몇 장 넘겨본다. 기사 제목들이 뒤엉키며 머릿속이 아득해진다. 그녀의 심장이 가슴을 콕콕 찌르고, 이내 숨이 막혀온다. 스카프를 풀어 땀에 젖은 기다란 목을 한번 훑은 다음 빈 좌석에 올려놓는다. 자리에서 일어나 외투 단추를 연다. 한 손을 출입문 손잡이에 얹고 한쪽 다리를 열차의 움직임에 맡기며 뛰어내릴 준비를 한다.

핸드폰이 보이지 않는다. 다시 자리에 앉아 핸드백을 거꾸로 들어 탈탈 털어본다. 파우더가 바닥에 나동그라지고, 이어폰 줄에 뒤엉킨 브래지어가 튀어나온다. 브래지어라니, 칠칠치 못하기는. 속으로 생각한다. 잃어버렸을 리는 없다. 만일 정말 잊고 온 거라면, 집으로 다시 돌아가야 한다. 변명거리가 필요하겠지. 아, 여기 있었네. 늘 있는 자리에 있었지만 보지 못한 건 그녀다. 다시 핸드백을 정리한다. 열차 안 모든 사람들이 자기를 바라보는 것만 같다. 패닉 상태가 된 그녀를, 후끈 달아오른 그녀의 두 뺨을 비웃는 것 같다. 입으로 핸드폰을 열어 첫 번째 이름을 확인한다. 비로소 미소가 나온다.

아담.

어쨌든, 망했어.

하고 싶어진다는 것, 그건 이미 졌다는 말이다. 이미 둑이 무너진 이상 더 이상 참는 건 아무 소용없다. 더 참는다고 해서 그녀의 삶이 아름다워질 거라는 보장도 없다. 지금 이 순간, 그녀의 생각은 아편쟁이나 노름꾼과 닮아 있다. 며칠 동안이나 유혹을 뿌리친 것만으로도 스스로가 대견스러운 그녀는 그 위험성에 대해서는 까맣게 잊었다. 자리에서 일어나 끈적이는 손잡이를 들어올리자 출입문이 열린다.

마들렌 역.

아델은 열차에 타기 위해 파도처럼 달려드는 군중 사이를 간신히 가로지른다. 나가는 문을 찾아본다. 카푸신 대로, 이제부터 뛰기 시작한다. 거기 있어야 해, 없으면 안 돼.

백화점 앞에 선 그녀가 멈칫한다. 그냥 돌아갈까. 여기서 지하철 9호선을 타면 편집 회의가 시작되는 9시까지 사무실에 도착할 수 있을 것이다. 지하철 입구에서 잠시 서성이면서 담뱃불을 붙인다. 핸드백을 배 쪽으로 바짝 당겨 안는다. 루마니아 걸인 무리가 그녀를 점찍는다. 머리에 차도르를 두르고, 손엔 가짜 설문지를 든 거지들이 그녀를 향해 돌진한다. 어리바리한 채로 라파예트 거리에 들어선 그녀, 하지만 방향을 잘못 잡아 되돌아온다. 블루 거리. 출입문 번호를 누르고 건물 안에 들어선 그녀, 미친 여자처럼 허겁지겁 계단을 올라 3층에 위치한 육중한 문을 마구 두드린다.

"아델……."

잠에 취해 퉁퉁 부은 눈으로 미소 짓는 아담. 알몸이다.

"한마디도 하지 마, 제발."

아델은 겉옷을 벗어 던지고 그에게 달려든다.

"전화라도 해주지……. 아직 8시도 안 됐는데."

아델은 이미 나체가 되었다. 그의 목덜미를 할퀴고, 머리카락을 잡아당긴다. 피식 웃던 그가 돌연 뜨거워진다. 그녀를 거칠게 밀어붙이더니 따귀를 날린다. 그녀가 그의 성기를 움켜쥐고 자기 몸 안으로 불쑥 밀어 넣는다. 벽에

선 채로, 몸속에 들어오는 그를 느낀다. 이렇게 고통은 녹아 사라진다. 감각이 되살아난다. 영혼의 무게가 점점 가벼워지면서 이내 텅 비워진다. 아담의 엉덩이를 꽉 움켜쥔 아델은 남자의 몸뚱이 위로 살아 있는, 격렬한, 그리고 점점 빨라지는 동작을 하나하나 새겨 나간다. 어딘가에 닿으려 애써보지만, 지옥 같은 분노가 그녀를 놓아주지 않는다.

"더 세게, 더 세게."

그녀가 비명을 쏟아낸다.

아델은 아담의 몸에 대해 알고 있다. 뭔가 잘못되었다. 이건 너무 단순하고, 너무 기계적이다. 그녀의 깜짝 등장도 아담의 빗장을 활짝 열어젖히진 못한 모양이다. 뒤엉킨 두 사람의 몸뚱이는 충분히 외설스럽지도, 그렇다고 다정하지도 않다. 아담의 두 손을 가져다가 자기 젖가슴 위에 얹고 그가 아니라고 생각해본다. 두 눈을 꼭 감고 그에게 거칠게 다뤄지는 자신을 상상한다.

그는 이미 거기에 없다. 턱이 오그라든다. 그가 그녀의 몸을 뒤집어 엎드리게 한다. 매번 그렇듯, 오른손으로 아델의 머리를 바닥 쪽으로 찍어 누르고, 왼손으로는 그녀의 엉덩이를 우악스럽게 거머쥔다. 그가 세차게 움직인다, 헐

떡이고, 절정에 도달한다.

아담은 빨리 사정하는 편이다.

아델이 옷을 주워 입고 그에게서 등을 돌린다. 그에게 나체를 보이는 게 수치스럽다.

"출근 늦었어. 전화할게."

"그러든지."

아담이 대답한다.

그는 부엌 문에 기대선 채 담배를 입에 문다. 한 손으로 성기 끝에 걸린 콘돔을 조몰락거린다. 아델은 그런 그를 구태여 외면한다.

"스카프가 안 보여. 혹시 못 봤어? 회색 캐시미어야. 내가 정말 아끼는 건데."

"찾아보고 다음에 만나면 줄게."

아델은 초연한 기색이다. 죄책감을 내색하지 말 것, 그것이 중요하다. 그녀는 마치 담배 한 대 피우고 돌아온 사람처럼 태연히 사무실을 가로지르면서 동료들을 향해 미소를 지어 보이고 자리에 앉는다. 유리로 된 작은 사무실에서 시릴의 머리가 쑤욱 하고 올라온다. 키보드 두드리는 소리, 전화 통화, 기사를 뱉어내는 프린터, 커피 머신을 둘러싸고 나누는 대화에 그의 목소리가 묻힌다. 그가 버럭 한다.

"아델, 벌써 10시가 다 됐잖아!"

"약속이 있었어."

"그러시겠지. 두 꼭지나 밀렸어, 약속이고 나발이고. 두 시간 안에 내 손에 원고 쥐어줘."

"지금 마무리 중이야. 점심시간 지나서 줄게, 괜찮지?"

"적당히 해, 아델! 언제까지 모든 사람이 자기만 기다려야 하는 거지? 할 일이 줄줄이 있는데. 빌어먹을!"

분에 못 이겨 양팔을 허공에 대고 휘두르던 시릴이 결국 의자에서 미끄러진다.

아델은 컴퓨터 전원을 켜고 양손에 얼굴을 파묻는다. 도대체 뭘 써야 할지 아무 생각도 떠오르지 않는다. 튀니지의 사회적 팽창에 대한 이 기사는 절대로 맡지 말았어야 했다. 지난 편집 회의 때 도대체 뭘 잘못 먹어서 기꺼이 손을 들었던 건지 모르겠다.

우선 전화를 걸어야 한다. 자리에 앉아 연락할 만한 사람들을 찾아봐야 한다. 질문을 던지고 주워 모은 정보를 짜집기해 기사를 토해내야 한다. 판매 부수를 올리기 위해서라면 영혼이라도 팔아 넘길 준비가 되어 있는 시릴이 언제나 귀에 못이 박히도록 노래하는 '기자의 엄정성'으로 무장해서 야무지게 처리해내겠다고 마음을 단단히 먹어야 한다. 헤드폰으로 귀를 막고, 소스 묻은 손으로 키보드를 두드려가며 사무실에서 점심을 때워야 한다. 자만심이 턱

끝까지 차오른 보도 담당자의 전화를 기다리며 샌드위치로 허기를 달래야 한다. 분명 그가 전화를 걸어와 신문을 진행하기 전에 자기 기사를 다시 꼼꼼히 읽어보라고 종용할 것이다.

아델은 이 직업을 좋아하지 않는다. 살기 위해 일을 해야만 하는 사실 자체를 경멸한다. 아델은 타인들의 시선을 받고 싶다는 욕망 외에 그 어떤 욕구도 가져본 적이 없다. 한때 배우를 꿈꾼 적도 있었다. 파리에 와서 배우 수업에 등록했으나 결국 자신이 얼마나 하찮은 존재인가만 확인했을 뿐이다. 눈이 제법 예쁘고 어떤 신비스러움이 느껴진다고 그녀를 가르친 선생들이 말했다. "그런데 말야, 학생. 배우가 된다는 건 포기할 때를 안다는 것이기도 해." 다시 집으로 돌아간 그녀는 운명이 찾아들기만을 기다렸다, 아주 오랫동안. 하지만 아무 일도 일어나지 않았다. 예상했던 대로였다.

아델은 어쩌면 돈이 많고 종종 집을 비우는 남자의 아내가 되고 싶었는지도 모른다. 그녀 주변에 잔뜩 널린 직장 여성들에게는 분노를 살 말이지만, 아델은 넓은 저택에서 잔뜩 치장하고서 남편을 기다리고, 또 곁에 있는 일 말고는 아무 근심 없이 빈둥거리며 살고 싶었는지 모른다. 남자를 홀리는 재능으로 월급을 받는 일이야말로 멋진 직업이라고 생각했는지도 모른다.

아델은 돈 많은 남편을 만났다. 조르주 퐁피두 병원의 위장병학 전문의가 되면서부터 남편의 당직과 대리 근무는 이전보다 몇 배나 잦아졌다. 부부는 종종 바캉스를 떠나고 부촌 18구의 널찍한 호화 아파트에 월세를 내고 산다. 아델은 남편의 사랑을 듬뿍 받고, 남편은 이토록 독립적인 여성을 아내로 둔 점을 자랑스러워한다. 하지만 그녀는 뭔가 부족하다고 느낀다. 뭔가 부족하고, 모자라서, 초라해 보이는 생활. 그들의 돈에서는 노동과 땀, 병원에서 보낸 기나긴 밤의 냄새가 난다. 돈이 그녀를 꾸짖고 불길한 기운을 전하는 것 같다. 그 앞에선 빈둥거림도 퇴폐도 허락되지 않는다.

아델은 낙하산으로 신문사에 들어왔다. 출판국장의 아들이 리샤르의 친구였다. 다들 그렇게 살아가니 아델이 딱히 가책을 느낄 일은 없다. 초기엔 일을 잘하고 싶은 마음이 있었다. 사장을 기쁘게 할 아이디어를 내고 그녀가 얼마나 효율적으로 일하는지, 업무 처리 능력은 또 얼마나 빼어난지 놀라게 할 생각에 한껏 들떴다. 그 누구도 꿈꿔보지 못한 인물과의 인터뷰를 따내며 그녀만의 활력과 대담성을 입증하기도 했다. 그러던 어느 날 알게 되었다. 사장인 시릴이라는 자는 책 한 권 안 읽는, 그녀의 재능을 평가할 깜냥조차 안 되는 둔해 빠진 인간이라는 사실을. 동시에 야망을 잃고 술독에 잠겨 지내는 동료들에 대한 멸시가 자라나기 시작했다. 그리고 마침내 이 직업을, 이 책상을, 이 모니터를, 이 모든 한심한 이들의 퍼레이드를 증오하게 되었다. 그녀를 냉대하다 못해 무의미하고 권태로운 문장들만 쏟아내는 장관들에게 하루에 열 번도 넘게 전화해야 하는 처지가 지긋지긋해졌다. 보도국의 환심을 사기 위해 마음에도 없는 벌꿀 같은 목소리를 내야 하는 자신에게서 치욕을 느꼈다. 그녀에게 중요한 건 기자라는 직업이 주는 자유뿐이다. 돈벌이는 시원찮아도 여행이 가능하다. 사유를 대지 않고도 사라지거나 은밀한 약속을 만들어낼 수 있다.

아델은 아무에게도 전화하지 않는다. 새 문서를 하나 열어 글 쓸 준비를 한다. 그녀가 아는 가장 멋진, 그러나 익명의 출처를 지어내 인용한다. '정부와 가까운 정보망', '권력의 핫라인에 정통한 사람'. 적절한 타이틀을 찾아내고 신문에서 유용한 정보를 얻고 있다고 여전히 믿고 있을 독자의 흥을 돋울 유머도 살짝 가미한다. 같은 주제를 다루는 기사 몇 꼭지를 읽고 요약한 다음 잘라내고 붙여넣기를 감행한다. 한 시간쯤 걸린 것 같다.

아델이 외투를 걸치며 외친다.

"시릴, 기사 받아! 나 점심 먹고 올게. 다녀와서 얘기해."

추위에 굳어버린 듯 거리는 온통 잿빛이다. 행인들의 피로한 안색, 시퍼렇게 언 얼굴들. 한시라도 빨리 집에 들어가 침대에 눕고 싶은 표정들이다. 모노프리[2] 앞에 터를 잡은 걸인은 평소보다 더 취한 것 같다. 환풍기 앞에 벌렁 드러누운 채 잠들어 있다. 바지가 내려와 그의 등과 각질이 켜켜이 앉은 엉덩이가 보인다. 아델은 동료들과 함께 지하 술집으로 들어간다. 올 때마다 베르트랑이 어딘가 좀 과하고 지저분한 구석이 있다고 불평하는 곳이다.

"여기 다시는 안 오겠다고 다짐하지 않았나? 사장이 극우파 국민전선당 골수잖아."

그럼에도 벽난로와 상대적으로 착한 가격에 이끌려 그들은 또 이곳을 찾는다. 무료한 분위기를 깨고자 아델이 대화를 주도한다. 이런저런 일들, 잊힌 뒷담화, 동료들의

---

2) 프랑스 슈퍼마켓 체인점.

크리스마스 계획을 먼저 묻느라 그녀는 곧 진이 빠진다. 마침 종업원이 와서 주문을 받고 아델은 와인 한 잔씩 하자고 권한다. 동료들은 뜨뜻미지근하게 고개를 가로저으며 정숙한 얼굴을 한다. 그러고는 주머니 사정이 넉넉지 않은 마당에 술을 마시는 건 별로 좋은 생각이 아니라는 표정을 짓는다.

"내가 살게."

아델이 선언한다. 계산서는 그녀의 몫이다. 여태껏 동료들에게 커피 한 잔 얻어 마신 적이 없다는 걸 알고 있지만 개의치 않는다. 이제, 이 모임을 이끄는 사람은 바로 그녀다. 동료들에게 생테스테프 와인을 한 잔씩 사주며 타오르는 장작 냄새 속에서 그녀는 사랑받고 있다는, 그들이 자신에게 빚지고 있다는 감정을 느낀다.

일행이 식당을 나선 건 오후 3시 30분. 기름진 음식과 와인의 취기, 그리고 외투와 머리칼 사이사이에 밴 벽난로 장작 냄새에 모두가 설핏 졸린 상태가 된다. 아델이 맞은편 책상에서 일하는 드니스에게 팔짱을 낀다. 그는 키가 크고 홀쭉하다. 싸구려 의치 덕분에 웃을 때면 말상이 된다.

사무실의 분위기는 느슨하다. 기자들은 전부 각자의 모

니터 뒤에서 졸고 있다. 구석에선 몇 명씩 무리 지어 속닥거린다. 베르트랑은 50년대 은막 스타처럼 입고 다니는 어린 인턴에게 짓궂은 장난을 건다. 창가에선 샴페인 병들이 시원한 공기를 쐬고 있다. 모두가 가족, 진짜 친구들을 멀리하고 거나하게 술에 취할 적절한 시간을 기다리는 중이다. 신문사에서는 크리스마스 파티가 모종의 관례로 자리 잡았다. 할 수 있는 한 멀리 나가 자신의 맨 얼굴을 동료에게 까 보여도 되는 잘 짜인 이탈의 순간, 그리고 다음 날이면 다시 직장 동료 관계로 돌아오는 날.

편집국에서는 아무도 모르지만, 아델은 작년 크리스마스 파티에 절정을 맞았다. 하룻밤 사이 아델은 판타지를 맛보았고, 그와 동시에 직업적 야망을 전부 잃었다. 편집국장 회의실, 번들거리는 길쭉한 검정 나무 테이블 위에서 아델은 시릴과 섹스를 했다. 두 사람 모두 흠뻑 취한 상태였다. 파티 내내 아델은 시릴 곁에 딱 붙어 그의 농담에 웃고, 둘만 남은 순간을 틈타 수줍으면서도 무한한 부드러움이 담긴 시선을 던졌다. 그에게 끔찍하리만치 매료된 척, 그의 매력에 흠뻑 취한 척했다. 그런 그녀에게 시릴은 그녀를 처음 본 순간 들었던 마음을 털어놓았다.

"아주 여리고, 수줍음 많고 그리고 가정교육을 잘 받은 조신한 여자라고 생각했어."

"좀 답답한 스타일?"

"응, 그랬던 것 같아."

작은 도마뱀처럼 아델은, 두 입술 사이로 냉큼 그의 혀를 빨아들였다. 그것이 그를 흥분시켰다. 편집실엔 아무도 없었고, 동료들이 여기저기 흩어진 일회용 컵과 담배꽁초를 치우는 동안 두 사람은 위층 회의실로 사라졌다. 한 사람이 눕자 그 위로 다른 한 사람이 쓰러졌다. 아델은 시릴의 셔츠 단추를 끌렀다. 사장이었을 때, 금지된 인물이었을 때는 참 잘생겼다고 생각한 사람이었다. 그렇지만 지금, 검은 테이블 위에 등을 대고 드러누운 그는 배불뚝이에 어딘가 미숙해 보였다.

"너무 마셔서 그런가."

발기가 되려다 만 것에 대해 그가 변명했다. 테이블에 기대 아델의 머리칼 속에 손을 집어넣은 그가 그녀의 머리를 자기 허벅지 사이로 쑤셔 넣었다. 그의 성기가 목구멍 속까지 밀고 들어오자 아델은 토할 것 같은 마음을, 입 안에 든 물건을 갈기갈기 물어뜯어버리고 싶은 마음을 꾹 눌러 참았다.

어쨌거나 그를 원한 건 그녀였다. 아침마다 일찌감치 일어나 예쁘게 보일 수 있는 새 원피스를 골라 입었다. 시릴의 시선을 끌고, 그로부터 조만간 은밀한 칭찬을 들을 거라는 희망만이 그녀를 움직였다. 맡은 기사를 예상보다 일찍 제출했으며 먼 나라에 대한 르포를 제안하거나 언제나 문젯거리가 아닌 해결책을 들고 사무실에 들어섰다. 목적은 하나였다. 시릴의 환심을 사는 것.

그런데 이렇게 그와 관계를 가진 지금, 일하는 게 더 이상 무슨 소용일까?

그날 저녁, 아델은 시릴에게 선을 그었다. 그의 생각이 어떤지 궁금하긴 하지만, 어쨌거나 두 사람의 관계는 차갑게 식었다. 그날 이후 그가 보내는 한심한 문자 메시지들을 더 이상 참을 수 없었다. 어느 날 저녁 그가 매우 수줍게 저녁 초대를 해왔을 때 아델은 어깨를 으쓱했다.

"뭐 하려고? 난 유부녀고, 당신도 유부남이잖아. 그래 봤자 서로 골치만 아플 거야, 안 그래?"

오늘 저녁만큼은 목표물을 헷갈리지 않기로 마음을 단단히 먹었다. 아델은 수집 중이라는 일본 만화책에 대해 수도 없이 이야기를 늘어놓으며 짜증을 돋우는 베르트랑을 놀려댔다. 베르트랑의 눈자위가 붉었다. 틀림없이 마리화나를 피우고 왔을 것이다. 그의 입김이 평상시보다 더 건조하고 시큼했다. 아델은 그럭저럭 잘 버텼다. 오늘 저녁 유난히 웃음을 흘리는 뚱뚱보 다큐멘터리 감독을 무리 없이 상대하는 중이다. 평소였다면 짜증과 한숨을 아낌없이 표시했을 터였다. 시릴이 신문 1면에 한 정치인의 기사를 아첨으로 도배했는데, 그 정치인이 선물한 샴페인이 여기저기서 흘러넘친다. 아델은 더 이상 버틸 수 없어진다. 그녀의 미모가 하찮은 대우를 받고 있다는 생각을, 그녀의 쾌활함이 아무짝에도 소용없다는 현실을 받아들일 수 없다.

"집에 안 가요? 그럼 같이 나가요, 어서요!"

아델이 드니스에게 매달린다. 뭐가 됐든 그녀의 부탁을 거절하는 건 지독히 잔인한 일이라는 생각이 들게 할 만큼 열정적인, 반짝거리는 눈빛으로.

"자, 여러분. 어때요?"

드니스가 함께 이야기를 나누던 세 명의 기자들에게 의견을 묻는다.

어스름이 절반쯤 깔린 가운데 창문이 연보랏빛 구름을 향해 열려 있고, 아델은 맨몸뚱이의 남자를 내려다본다. 남자가 얼굴을 베개 깊숙이 묻고 달게 잠들어 있다. 한 번의 생식으로 생을 마감하는 곤충처럼 이 남자 역시 죽어버린 걸까.

아델은 맨가슴을 두 팔로 감싸서 침대에서 내려온다. 잠든 몸뚱이 위로 이불을 덮어주자 온기를 품으려는 듯 남자가 몸을 잔뜩 웅크린다. 아델은 남자의 나이를 묻지 않았다. 매끈하고 반질반질한 피부, 말은 안 해도 그녀를 자기 원룸으로 데려온 남자가 연하라는 것은 짐작할 수 있다.

짤막한 다리에 엉덩이가 여자 같다.

어수선한 원룸 위로 싸늘한 여명이 쏟아진다. 아델은 옷을 입는다. 그를 따라오지 말았어야 했다. 남자가 그의 물렁한 입술을 아델의 입술에 갖다 붙이던 바로 그 순간, 아델은 이 사람은 아니라고 생각했다. 그녀를 충족시킬 남자가 아니라고. 그대로 달아났어야 했다. 이 지붕 밑 원룸까지 남자를 따라 올라오지 않아도 될 구실을 찾았어야 했다.

"이 정도면 즐길 만큼 즐겼지, 안 그래?"

말없이 바를 나서며 그녀를 부둥켜안는 남자의 손을, 그의 초점 없는 시선을, 묵직한 입김을 뿌리쳤어야 했다.

아델은 용기가 없었다.

두 사람은 비틀거리며 계단을 올랐다. 한 계단 오를 때마다 마법이 풀리면서 기분 좋은 취기 대신 헛구역질이 올라왔다. 먼저 옷을 벗기 시작한 건 남자였다. 바지 지퍼를 내리는 남자의 구태의연한 행동 앞에서, 양말 한 켤레의 상투성 앞에서, 젊은 취객의 서투른 동작 앞에서 그녀의 심장이 조여들었다. 아델은 이렇게 말하고 싶었다.

'그만, 더 이상은 무리야. 아무것도 하고 싶지 않아졌어.'

그렇지만 아델은 뒷걸음질 칠 수가 없었다.

남자의 매끈한 상체 밑에 깔린 그녀에게는 오로지 빨리 끝내자, 남자가 흥분해서 먼저 끝내버리도록 소리 지르며 한껏 달아오른 척해주자라는 생각뿐이었다. 그녀가 두 눈을 질끈 감고 있었다는 걸 남자는 알아챘을까? 분노에 찬 아델은 한 번도 눈을 뜨지 않았다. 마치 남자를 보는 게 역겹다는 듯, 벌써 다음 남자들을, 진짜 근사한 남자, 여기 말고 다른 곳의 남자들, 마침내 그녀의 몸을 사로잡을 남자들을 생각하는 것처럼.

아델이 조심조심 원룸 문을 연다. 건물 복도에서 담뱃불을 붙인다. 세 번 연달아 담배를 빨고 나서 남편에게 전화할 것이다.

"내가 깨운 거야?"

그녀는 신문사 바로 옆에 사는 친구 로렌의 집에서 잤다고 말한다. 그리고 아들의 안부를 묻는다.

"응, 파티는 잘 끝났어."

통화를 끝낸다. 건물 입구에 걸린 얼룩진 거울 앞에 서서 얼굴을 매만지며 술술 거짓말을 하는 자신을 바라본다.

텅 빈 거리에 그녀의 발소리가 울린다. 한 사내가 몸을 치고 지나가자 아델은 비명을 지른다. 남자는 이제 막 정류장에 서려는 버스를 놓치지 않기 위해 필사적으로 뛰는 중이다. 시간을 때우려고, 그 누구에게서도 취조당하지 않고 텅 빈 아파트에 몸을 숨길 수 있도록 아델은 최대한 천천히 걷는다. 음악을 들으며 꽁꽁 언 파리 시내 속으로 녹아든다.

리샤르는 아침 식탁을 정리해두었다. 개수대에 얼룩진 찻잔이 놓여 있고, 접시 위에는 버터 바른 빵 한 조각이 그대로 붙어 있다. 아델은 가죽 소파 위에 앉는다. 외투도 벗지 않고, 핸드백은 여전히 배에 바짝 여며 쥐고 있다. 아무 미동이 없다. 샤워를 하고 나서야 비로소 그녀의 하루가 시작될 것이다. 차가운 담배 냄새를 풍기는 블라우스를 세탁할 때. 화장으로 다크서클을 가릴 때. 우선은 두 세계 사이에 놓인 더러움 속에서, 지금 이 시간의 주인이 되어 잠시 쉬기로 한다. 위험은 끝났다. 이제는 두려워하지 않아도 된다.

해쓱한 안색, 입이 바싹 마른 채로 아델은 신문사에 들어선다. 전날부터 한 끼도 입에 대지 않았다. 고통과 헛구역질을 진정시키려면 뭔가 먹어줘야 한다. 동네에서 가장 맛없는 빵집에서 차갑게 식어 뻣뻣해진 초콜릿 크루아상을 샀다. 한입 베어 물지만 도무지 삼킬 수가 없다. 화장실에 들어가 몸을 둥글게 말고 잠들고 싶다. 잠이 쏟아지면서 수치스러움이 밀려든다.

"아델, 괜찮아? 너무 피곤한 거 아니야?"

베르트랑이 그녀의 책상 위로 상체를 숙여 다 알고 있다는 눈빛을 보내지만, 아델은 반응하지 않는다. 초콜릿 크루아상을 쓰레기통에 던져 넣는다. 목이 마르다.

"어제 기분 진짜 좋아 보이던데. 머리 안 아파?"

"괜찮아, 고마워. 커피 한 잔 마시면 괜찮아질 거야."

"어제처럼 한잔 걸쳤을 때는 완전 딴사람이야. 자기는 딱 새침한 공주 스타일인데 말야. 알고 보면 타고난 술꾼이지."

"그만해."

"덕분에 엄청 즐거웠다고. 춤을 어찌나 잘 추시든지."

"됐어, 베르트랑. 이제 일 좀 하자."

"나도 할 일이 산더미야. 거의 눈도 못 붙인 상태고. 완전 기진맥진이지."

"잘 해봐, 그럼."

"어제 가는 건 못 봤는데. 그 꼬맹이, 자기가 데려갔어? 그 애 이름 받아 적었잖아. 그냥 그러고 만 건가?"

"그러는 당신은? 킨샤사 출장 갔을 때 당신이 방으로 데려간 창녀들 이름 하나하나 받아 적지 않았어?"

"어우, 됐어. 웃자고 하는 얘길 가지고. 새벽 4시에 곤드레만드레 취해서 들어와도 남편이 뭐라고 안 하나 보지? 이것저것 안 물어봐? 내 마누라가 그랬다면……."

"입 닥쳐."

아델이 말을 자른다. 가쁜 숨을 몰아쉬며, 두 뺨이 선홍색으로 붉어진 채, 아델은 베르트랑의 얼굴을 향해 바짝 다가간다.

"두 번 다시 내 남편 얘기 꺼내지 마, 알았어?"

양손을 허공에 들며 베르트랑이 뒷걸음질 친다.

아델은 신중하지 못했던 자신을 원망한다. 춤을 추어서도, 그렇게 쉬운 여자로 보여서도 안 되는 거였다. 드니스의 무릎에 앉아 떨리는 목소리로, 술에 흠뻑 취한 채로 그녀의 어린 시절에 대해 얘기하는 게 아니었다. 모두가 바의 청년에게 수작 부리는 그녀를 보고 있었다. 모두가 그녀를 바라보기만 했을 뿐 심판하지 않았다. 최악은 바로 그거였다. 이제 그들은 그들 사이에 모종의 공모가 이루어졌다고, 허물없는 사이가 된 거라고 믿을 것이다. 그들은 이제 그녀와 더불어 은밀히 웃고 싶어질 것이다. 남자들은 그녀를 헤프고, 경솔하며, 쉬운 여자로 여길 것이다. 여자들은 그녀를 약탈자로 취급할 것이며, 그나마 마음이 넓은 여자들은 아델을 두고 마음이 여린 사람이라고 할 것이다. 전부 틀린 말이다.

토요일, 리샤르가 바닷가에 가자고 제안했다.

"일찍 떠나자. 뤼시앙은 차에서 자면 되고."

아델은 교통 체증을 피하려는 남편의 계획을 망치지 않
으려고 동틀 무렵 눈을 뜬다. 여행 가방을 챙기고 아들의
옷을 입힌다. 낮 기온은 차갑지만 밝게 빛난다. 멍하게 있
지 않도록 정신을 또렷하게 깨워주는 날씨다. 아델은 기분
이 좋다. 자동차 안으로 당당히 쏟아지는 겨울 햇살에 기
분이 맑아진 그녀가 남편과 대화를 나눈다.

그들은 점심시간에 맞춰 도착한다. 난로를 피운 테라스
는 이미 파리지앵들에게 점령당했지만, 리샤르는 예약해

두는 걸 잊지 않았다. 그는 영리하다. 로빈슨 박사는 무엇 하나 우연에 맡기는 법이 없다. 무엇을 먹고 싶은지 이미 알고 있으므로 메뉴를 들여다볼 이유도 없다. 그가 화이트 와인, 생굴, 소라를 주문한다. 그리고 가자미 튀김 3인분도.

"매주 이렇게 해야 되는데! 뤼시앙은 밖에서 놀게 하고, 우리는 부부끼리만 저녁을 즐기고. 완벽하지? 기분이 정말 좋아. 꼬박 일주일 동안 병원에 갇혀 지내다가 맛보는……. 내가 말 안 했나, 장피에르 실장이 뫼니에 환자 케이스에 대해 프레젠테이션을 해보지 않겠느냐고 하던데. 물론 수락했지. 이로써 그 사람이 나에게 빚진 거야. 어쨌거나 이제 병원은 그만둘 거야. 요즘 들어 당신과 아들을 거의 못 보고 사는 기분이야. 리지외 병원 일로 다시 오퍼가 들어왔어. 내가 오케이 해주기만 기다리는 눈치고. 비무티에에 나온 집을 보러 가기로 약속도 잡았어. 본가에서 휴가 보내는 동안 가보자. 어머니가 한 번 가보셨다는데 집 상태는 완벽하대."

아델은 너무 마셨다. 눈꺼풀이 내려앉는다. 리샤르에게 미소를 지어준다. 그의 말을 자르고 화제를 바꾸고 싶은 마음을 꾹 눌러 참느라 안쪽 볼을 깨문다. 지루해진 뤼시앙이 꿈틀거리기 시작한다. 의자를 까딱거리고 리샤르가 손대지 못하게 한 나이프를 빼앗아 든다. 그러고는 소금 병뚜껑을 돌려 따 테이블 너머로 던져버린다.

"뤼시앙, 그만!"

아델이 저지한다.

아이는 이제 접시에 손을 담가 손가락으로 당근을 짓이긴다. 그러곤 실실 웃음을 터뜨린다.

아델이 아이의 손가락을 닦아준다.

"계산서 달라고 할까? 애가 못 참는 거 보이지?"

리샤르는 와인을 한 잔 더 따른다.

"집 말인데, 당신 생각이 어떤지 나한테 말해준 적 없지 않아? 나는 병원에서 일 년 더 썩고 싶은 마음이 조금도 없어. 난 파리가 별로야. 그건 당신도 마찬가지지. 신문사에서 일하는 게 지겨워 죽겠다면서."

아델은 민트 물을 한껏 들이마셨다가 테이블 위로 토해버리는 뤼시앙에게서 눈을 떼지 않는다.

"리샤르! 애한테 뭐라고 말 좀 해봐!"

아델이 소리를 빽 지른다.

"왜 이래? 정신 나갔어? 다들 쳐다보잖아."

깜짝 놀란 리샤르가 아델을 보며 대꾸한다.

"미안해. 좀 피곤해서."

"이 좋은 순간을 그냥 즐길 순 없는 거야? 당신 때문에 분위기 다 깨졌어."

"미안해."

아델이 종이 식탁보를 정리하며 거듭 말한다.

"아이가 지루해한다면, 좀 뛰게 해주면 되지. 그게 다야. 남동생이나 여동생이, 그리고 뛰어놀 정원이 있어야 돼."

리샤르가 아델을 향해 동의를 구하는 미소를 짓는다.

"집 광고 보고 무슨 생각이 들었어? 집이 마음에 안 들어? 나는 그거 보자마자 당신 생각 했는데. 생활 방식을 좀 바꾸고 싶어. 좀 여유롭게 살고 싶다고, 무슨 말인지 알지?"

리샤르가 아들을 무릎에 앉히고 머리칼을 쓰다듬는다. 뤼시앙은 아빠를 닮았다. 가는 금발, 칼리송[3] 모양 입매. 둘은 자주 마주 보며 웃는다. 리샤르는 아들 바보다. 때로 아델은 그들에게 자신이 정말 필요한 존재인지 반문할 때가 있다. 저 부자끼리만 살아도 행복에 지장이 없는 건 아닌지.

아델은 두 사람을 바라보며 그녀의 삶에는 아무런 변화

---

3) 프랑스 남부 엑상프로방스의 특산품으로 입술 모양 전통 과자. 아몬드 가루, 절인 과일 등으로 만들어 아주 달다.

도 없을 거라는 사실을 깨닫는다. 그녀는 아이들을 보살
피고, 아이들의 먹거리를 신경 쓸 것이다. 아이들이 좋아
할 만한 곳으로 휴가를 떠나고 주말마다 아이들이 즐길 거
리를 찾아낼 것이다. 이 세상 모든 부르주아들처럼, 그녀
는 아이들을 위한 기타 학원을 알아보고, 공연에 데려가고
학교에 데려다 줄 것이다. 아이의 '수준을 높여줄' 모든 수
단을 찾아다닐 것이다. 아델은 아이들이 자기를 닮지 않길
바란다.

그들은 호텔로 돌아와 선실처럼 꾸며진 좁은 방에 옷가
지를 푼다. 아델은 이곳이 내키지 않는다. 벽이 흔들리며
잠든 사이 점점 다가와 그녀를 뭉개버릴 것만 같은 강박이
든다. 그래도 일단은 잠을 좀 자고 싶다. 너무나 청명해서
맘껏 누려도 모자랄 아름다운 낮을 향해 난 겉창을 닫고,
뤼시앙을 침대에 눕혀 낮잠을 재우고 그녀도 눕는다. 막
눈을 감자 뤼시앙이 부르는 소리가 들려온다. 아델은 꼼짝
하지 않는다. 더 잘 버티는 건 아델 쪽이니 아이는 끝내 포
기할 것이다. 아이가 몇 번인가 문짝을 두드린다. 아델은
아이가 욕실에 들어갔다고 짐작한다. 아이가 수도꼭지를
튼다.

"애를 데리고 놀러 나가 봐. 불쌍한 녀석, 한나절만 여기 있는 거잖아. 나는 이틀 연속 당직이었어."

몸을 일으킨 아델이 뤼시앙에게 다시 옷을 입혀 해안가에 만들어놓은 작은 놀이터로 데려간다. 아이는 알록달록한 놀이 기구들을 오르내린다. 아이는 지치지 않고 미끄럼틀을 탄다. 아델은 아이들이 서로 밀치는 미끄럼틀 위에서 아이가 넘어질까 봐 염려스럽다. 미끄럼틀을 한 바퀴 돌아 아이를 붙든다.

"뤼시앙, 이제 갈까?"

"싫어. 지금은 안 가."

아들이 다부지게 대답한다.

놀이터는 비좁다. 뤼시앙이 한 아이가 가지고 놀던 자동차를 빼앗자 아이가 울음을 터뜨린다.

"자동차 돌려줘. 자, 이리 오렴. 아빠한테 가자."

그녀가 아이의 팔을 잡아끌며 달랜다.

"싫어!"

아이는 소리치며 그녀 쪽으로 허겁지겁 달려가다 넘어져 턱을 찧는다. 아델이 벤치에 앉아 아이를 일으켜 세운다.

"바닷가에 가볼까?"

아델이 제안한다. 모래 위에서는 이렇게 다치지 않을 것이다.

아델이 얼음장처럼 차가운 해변에 앉는다. 다리 사이로 뤼시앙을 안고 모래를 판다.

"아주 깊이 깊이 파서 물을 찾아보자. 두고 봐."

"물 줘!"

처음에 흥분했던 아이는 몇 분 지나지 않아 이내 몸을 빼더니 낮은 파도가 밀려 나가며 만든 널찍한 물웅덩이를 향해 뛰기 시작한다. 그러다가 모래 위로 넘어지더니 다시 몸을 일으켜 진흙 위에서 폴짝폴짝 뛴다.

"뤼시앙, 이리 와!"

아델이 날카롭게 소리친다. 아이가 몸을 돌려 엄마를 보며 히죽거린다. 물웅덩이에 철퍼덕 앉더니 두 팔을 물속에 담근다. 아델은 일어나지 않는다. 분노가 치밀어 오른다. 12월 한복판, 아이는 물에 푹 젖을 것이다. 감기에 걸릴 것이고 그러면 아델은 지금보다 더 열심히 아이를 보살펴야 할 것이다. 그토록 바보 같은 아들이, 생각 없는 아들이, 이기적인 아들이 원망스럽다. 몸을 일으켜서 아이를 억지로 호텔로 데려가 리샤르에게 안겨주고 따뜻한 물에 담가 달라고 하겠다고 생각해본다. 그녀는 꿈쩍도 하지 않는다. 무거워진 아이를 안아주고 싶지 않다. 아이의 근육질 두 다리가 떼를 쓰면서 거친 발차기를 날릴 것이다.

"뤼시앙, 당장 이리 와!"

놀라서 눈이 동그래진 노파가 쳐다보는 가운데 아델이 악을 쓴다.

헝클어진 금발, 계절에 안 맞는 반바지 차림의 노파가 뤼시앙의 손을 잡아 엄마에게 데려온다. 청바지 자락이 포동포동한 무릎 위로 말려 있다. 아이는 웃고 있지만, 어리둥절한 얼굴이다. 노파가 강한 영국 악센트로 말을 걸 때까지 아델은 여전히 앉아 있다.

"꼬맹이가 수영을 하고 싶은가 봐요."

"고맙습니다."

수치스럽고 신경질이 난 아델이 대답한다. 모래사장에 누워 외투로 얼굴을 덮어 가리고 싶다. 이를 부딪치면서 미소를 띠고 엄마를 바라보는 아이에게 소리칠 기운조차 남아 있지 않다.

뤼시앙은 버겁다. 아델에게 뤼시앙은 좀처럼 맞추기 힘든 거북한 존재다. 아델은 복잡하게 뒤얽힌 여러 감정선 중 어디에 아들을 위한 사랑을 품어야 할지 도무지 알 수 없다. 아이를 맡겨야 한다는 패닉 상태, 옷 입힐 때의 짜증, 잘 나가지 않는 유모차를 밀고 언덕을 기진맥진 오를 때. 그 모든 일들에 분명 사랑이 있다는 걸, 그녀는 의심치 않는다. 서툴게 매만진 사랑, 일상의 희생양. 스스로를 위한 시간을 낼 수 없는 사랑.

아델은 결혼한 것과 한 치도 다르지 않은 이유로 아이를 낳았다. 세상에 귀속되어 타인들과 그 외 모든 것으로부터 자기를 보호하기 위한 장치였다. 아내가 되고, 엄마가 되면서 아델은 누구도 그녀로부터 제거할 수 없는 존중의 후광에 둘러싸이게 되었다. 이런 식으로 그녀는 고통의 저녁에 몸을 숨기고, 방탕의 나날에 기댈 곳이 되어줄 피난처를 스스로 만들어나갔다.

임신은 즐거운 일이었다.

쏟아지는 졸음과 묵직한 다리, 가벼운 요통 그리고 잇몸 출혈을 빼면 아델의 임신 기간은 완벽했다. 그녀는 담배를 끊었고, 와인도 한 달에 한 잔 이상 마시지 않았다. 이 건강한 생활이 그녀에게 충만감을 주었다. 생애 처음으로 그녀는 행복을 맛보았다. 불뚝 나온 배가 그녀에게 은혜로운 곡선 몸매를 선사했다. 피부가 맑게 빛났고, 자주 손질하던 머리칼은 그대로 길러 뒤로 살짝 묶었다.

37주째가 되자 바른 자세로 눕는 게 매우 힘들어졌다. 그날 밤, 아델은 리샤르에게 파티에 혼자 가라고 말했다.

"나는 술도 못 마시고, 너무 더워. 굳이 내가 거기 가야 할 이유를 모르겠어. 내 걱정은 말고 가서 실컷 놀다 와."

아델은 잠자리에 누웠다. 덧창을 열어놓아 거리를 오가는 행인들이 내려다보였다. 잠을 청하는 데 지친 그녀가 마침내 침대에서 몸을 일으켰다. 욕실에서 얼음장 같은 냉수로 얼굴을 적신 다음 한참 동안 거울 속의 자신을 들여다보았다. 시선을 내려 배를 바라보다가 다시 얼굴을 보았다.

"언젠가는 예전의 내 모습으로 돌아올 수 있을까?"

변한 자신의 모습에 따끔따끔한 감정이 올라왔다. 기쁘다거나 향수에 젖었다고는 말할 수 없을 테지만, 자기 안의 뭔가가 죽어가고 있다는 것을 그녀는 알고 있었다.

아이가 그녀를 치유해줄 거라고 생각했다. 출산이야말로 그녀를 불행으로부터 구해줄 유일한 탈출구이며, 점점 앞으로 달아나는 것들을 확실히 끊어내는 유일한 해결책이라고 생각하게 되었다. 그런 생각이 아델을 완전히 사로잡았다. 없어서는 안 되는 치료제를 결국 받아들이고 마는 환자처럼. 그녀는 이 아이를 가졌다. 아니, 모든 저항을 거부한 그녀에게 아이가 생겼다. 뭔가 이로운 일이 될 거라는 정신 나간 희망 속에서.

임신 테스트기를 거칠 필요도 없었다. 아델은 곧장 임신 사실을 알아챘으나 그 누구에게도 말하지 않았다. 아델의 비밀에 스스로 질투했다. 서서히 배가 불러왔으나 그녀는 아이의 등장을 조용히 부인했다. 사람들의 뻔한 반응,

배가 얼마나 불렀나 가늠하려는 듯 아랫배에 손을 대보는 그들의 천박한 제스처가 그녀를 두렵게 했다. 그녀는 특히 남자들 옆에서 외로웠으나, 그렇다고 견디기 어려운 정도는 아니었다.

뤼시앙이 태어났다. 그녀는 곧 담배를 다시 물었다. 거의 동시에 술을 다시 마시기 시작했다. 아이는 엄마의 게으름에 자꾸 딴지를 걸었다. 태어나 처음으로 그녀는 깨달았다. 자신은 스스로가 아닌 타인을 돌보기에 적합하게 태어난 사람이 아니라고. 신생아에게 진한 육체적 사랑을 헌신했으나 택도 없는 일이었다. 집에서 보내는 하루는 끝없이 길게만 느껴졌다. 때로 아델은 우는 아이를 내버려둔 채 베개로 머리를 감싸고 잠을 청해보기도 했다. 음식 자국으로 얼룩덜룩한 아기 식탁 의자 앞에서 슬픈 얼굴을 하고 안 먹겠다고 버티는 아이 얼굴을 보며 아델은 흐느꼈다.

욕조에 담그기 전 벌거벗은 아이를 꼭 끌어안는 걸 아델은 좋아한다. 가만가만 흔들어주면 보드라움에 취해 점점 잠으로 빠져드는 아이를 바라보는 순간을 좋아한다. 아기용 칸막이 침대를 버리고 어린이 침대를 장만하고부터 아델은 아이와 함께 자기 시작했다. 소리 없이 부부 침실을 나와 칭얼대며 그녀를 맞이하는 아이 침대 속으로 슬쩍 미끄러진다. 아이의 머리칼 속에, 아이의 목덜미에, 아이의 손바닥에 코를 파묻고 냄새를 들이마신다. 그것으로 충만해지고 싶었다.

임신이 그녀를 망가뜨렸다. 임신과 함께 못남, 아둔함, 나이듦을 다시 꺼내 든 것만 같은 생각에서 아델은 좀체 벗어나질 못했다. 아델은 머리를 짧게 잘랐다. 이제 온 얼굴에 잔주름이 가득한 것 같았다. 서른다섯, 여자로서 아델은 여전히 아름다웠다. 나이로 인해 오히려 더욱 강하고, 영악하며 당당해 보였다. 표정은 무뚝뚝해졌으나, 어딘가 바랜 듯한 시선엔 힘이 느껴졌다. 히스테리와 흥분이 줄어들었다. 다년간의 흡연 덕분에 늘 아버지로부터 놀림받던 새된 목소리가 온화해졌다. 얼굴은 한층 더 창백해져서 양 볼 위로 혈관 자국을 그대로 따라 그릴 수 있을 정도가 되었다.

그들은 방을 나선다. 리샤르가 아델의 팔을 당긴다. 두 사람은 몇 분 동안 문 뒤에 가만히 서서 제발 돌아오라고 악을 쓰는 뤼시앙의 울음소리를 듣는다. 무거운 마음으로, 리샤르가 예약해둔 레스토랑을 향한다. 아델은 예쁘게 차려입으려다가 그만두었다. 해변에서 돌아오는데 심한 한기를 느꼈다. 굳이 입고 있던 옷을 벗고 집에서 챙겨온 원피스와 하이힐을 신을 엄두가 나지 않았다. 무엇보다, 잘보이고 싶은 사람이 없었다.

　거리로 나선 두 사람은 나란히 서서 발걸음을 재촉했다. 서로를 매만지지도 않았고, 입을 맞추는 일도 거의 없었다. 두 사람의 몸은 서로에게 할 말이 없었다. 서로에게 끌린다거나 애정을 느끼지 않았으며, 오히려 어떤 면에서는 바로 이 육체적 공모의 부재가 두 사람을 안심시켰다. 마치 두 사람의 결합은 살과 살이 맞닿는 행위 너머의 어떤 것이라고 증명하듯. 마치 여느 커플들은 눈물범벅으로 고함치며 마지못해 받아들이고 마는 어떤 것을 이미 매장시키기라도 한 것처럼.

마지막으로 남편과 관계한 게 언제였는지 아델은 기억하지 못한다. 분명 어느 여름 오후였을 것이다. 좋은 꿈 꾸라고 말해준 뒤 서로 등을 돌리고 누운 뒤 찾아오는 이 밤, 이 죽은 시간에 둘은 이미 익숙했다. 그러나 어김없이 불편함과 시큼함이 두 사람 위로 스멀스멀 찾아든다. 그러면 아델은 이 순환 주기를 겪고 남편과 몸을 섞지 않으면 안된다는 이상한 의무감에 사로잡히곤 했다. 서로를 원하지 않아도 아무렇지 않을 시기를 다시 맞이하기 위해서.

오늘 저녁은 그 모든 조건을 갖추었다. 리샤르의 눈빛이 진득하면서도 약간 수줍어 보였다. 그의 행동 어딘가 부자연스러움이 배어나왔다. 그는 아델이 얼마나 아름다운 여성인지 상기했다. 아델은 고급 와인을 주문하자고 제안한다.

앙트레가 나오기 무섭게 리샤르가 점심때 중단된 화제

를 다시 꺼낸다. 그러곤 9년 전, 두 사람이 결혼할 당시 했던 약속을 환기한다. 젊고 돈이 있을 때는 파리에서 마음껏 즐기다가 아이가 생기면 지방으로 떠나자는 약속. 뤼시앙이 태어났을 때 리샤르는 아델에게 집행유예를 선고해주었다. 그때 아델이 말했다.

"2년 있다가."

2년은 벌써 오래전에 지났고, 그에게 더 이상 양보란 없을 것이다. 신문사를 떠나고 싶다고, 다른 어떤 것, 가령 글쓰기라든가 아니면 가족에게 전념하고 싶다고 10여 차례 말한 건 그녀가 아니었나? 지하철이며 교통 체증이며 멈출 줄 모르고 치솟는 물가, 늘 초 단위로 굴러가는 생활이 지겹다는 데 서로 동의하지 않았던가? 입을 꾹 다물고 저녁 식사도 먹는 둥 마는 둥 하는 아델의 무심함 앞에서도 리샤르는 물러서지 않는다. 그가 마지막 카드를 빼어 든다.

"둘째를 갖고 싶어. 딸이 하나 있으면 정말 좋을 거야."

술기운에 진작 밥맛이 떨어진 아델은 이제 구역질이 난다. 배가 점점 불러와 금방이라도 속에서 게워낼 것만 같다. 더 이상 아무것도 하지 않고 잠에 빠져드는 것만이 그녀를 안심시킨다.

"먹고 싶으면 내 것까지 먹어도 돼. 난 더 이상 한 입도 못 삼키겠어."

그녀가 리샤르 쪽으로 자기 접시를 민다.

그가 커피를 한 잔 주문한다.

"진짜 아무것도 안 먹어?"

레스토랑 사장이 서비스로 권하는 아르마냐크를 마시면서도 리샤르는 내내 둘째 타령이다. 아델은 진절머리가 난다. 이 저녁의 끝이 보이지 않는다. 그가 화제를 바꾸지 않는 한.

호텔로 돌아오는 길, 리샤르는 약간 취했다. 거리 한복판을 달리며 아델에게 웃음을 선사한다. 두 사람은 까치발로 호텔방에 들어선다. 리샤르가 베이비시터에게 돈을 치른다. 아델은 침대 위에 앉아 천천히 신발을 벗는다.

그가 감히 그녀를⋯⋯.

그럼에도 그녀를 안는다.

그의 동작엔 예외가 없다. 언제나 한결같다.

그가 아델의 등을 어루만진다.

목덜미에 키스를 한다.

한쪽 손으로 엉덩이를 매만진다.

그리고 이 웅얼거림, 간청하는 웃음에 이어지는 옅은 신음.

그녀는 몸을 돌려 입을 벌린다. 남편의 혀가 밀고 들어온다.

애무는 없다.

얼른 끝내자, 침대 끝에서, 홀로, 옷을 벗으며, 그녀가 생각한다.

둘은 자세를 바꾼다. 마주 본다. 키스를 멈추지 않는다, 마치 진짜처럼. 허리에, 그의 성기에 손을 댄다. 그가 그녀의 속으로 파고든다. 그녀는 눈을 꼭 감는다.

리샤르가 좋아하는 게 뭔지 그녀는 모른다. 그를 즐겁게 하는 게 뭔지. 단 한 번도 알았던 적이 없다. 두 사람은 섬세함을 모른 채 그저 부둥켜안는다. 오로지 둘에게만 통하는 은밀한 음모도 없이 세월이 속절없이 흘렀고, 그렇게 세월이 흘렀으나 부끄러움은 무뎌지지 않았다. 동작은 짜 맞춘 듯 정확하고 기계적이다. 목표물을 향해 직진. 감히 시간을 끌 수는 없다. 천천히 해달라는 말도 아예 하지 않는다. 행여 그가 거절이라도 하면 너무나 낙심한 나머지 그의 목이라도 조르게 될까 봐.

그녀는 아무 소리도 내지 않는다. 뤼시앙이 눈을 떠 이 그로테스크한 장면에 놀라기라도 한다면 난장판이 될 것이다. 리샤르의 베개에 입술을 꽉 붙이고 마음에도 없는 신음을 내본다.

벌써 끝.

그는 바로 옷을 입는다. 즉시 제정신을 수습한다. 텔레
비전을 켠다.

내동댕이쳐진 아내가 느낄 고독감에 대해서는 눈곱만큼
도 개의치 않는 것 같다. 그녀는 아무런 느낌이 없었다, 정
말 아무 느낌도. 두 개의 배, 들러붙은 상체, 두 개의 성기
가 엇갈리며 내는 소리를 들었을 뿐.

그리고 이어지는 무시무시한 정적.

아델의 친구들은 전부 미인이다. 자기보다 못난 여자를 친구로 두지 않을 만큼 그녀는 현명하다. 남의 시선을 끄는 것에 대해 신경 쓰고 싶지 않았다. 아프리카로 취재 여행을 떠났을 때 로렌을 만났다. 신문사 일을 시작한 지 얼마 안 되어 처음으로 장관을 수행한 출장이었다. 공무 전용기가 기다리는 빌라쿠블레 계류장에서 아델은 키 180센티미터, 물결치는 백발, 이집트 고양이를 닮은 로렌을 단번에 알아보았다. 당시 로렌은 이미 경험 많은 아프리카 전문 사진기자로 아프리카 대륙 곳곳을 누비고 다녔다. 그녀는 파리의 스튜디오에서 혼자 살고 있었다.

비행기를 함께 탄 일행은 전부 일곱 명이었다. 대단한 권력은 없었지만 거듭된 변절과 부패 사건, 그리고 추문만으로도 중요한 인물로 분류될 요건은 갖춘 장관. 음담패설을 입에 달고 내내 실실거리는 의심할 여지없는 알코올 의존증 기술 자문. 말수 없는 보디가드, 비쩍 마른 데다 추남 축에 드는 깐깐한 골초 신문 기자는 1면을 장식한 특종을 종종 터뜨려서 각종 상을 받기도 했다.

바마코에서의 첫날 밤, 아델은 보디가드와 잤다. 거나하게 취해 아델을 안고 싶어 몸이 달은 보디가드는 호텔 나이트클럽에서 웃통을 훌떡 벗고 베레타[4]를 허리춤에 걸친 채 춤을 추기 시작했다. 다카르에서의 둘째 날 밤, 핑거푸드를 게걸스레 삼키며 장관에 몸을 비비며 헤벌쭉대는 프랑스 교민들의 모습에 죽을 만큼 권태로워진 아델은 칵테일을 들이붓다시피 하다가 화장실에서 프랑스 대사 참사관과 관계를 맺었다.

셋째 날 밤, 프라이아 해변에 위치한 호텔 테라스에서 아델은 카이피리냐 칵테일을 한 잔 주문하고 장관과 쓸잘데기 없는 농담을 주고받았다. 로렌이 다가와 옆에 앉았을

---

4) 이탈리아 베레타사에서 생산하던 권총.

때 아델은 막 달밤 아래 해수욕을 제안하려던 참이었다.

"내일, 사진 촬영 나갈 건데 같이 갈래? 기사 쓰는 데도 도움이 될 것 같은데. 벌써 쓰기 시작한 거야? 구도는 잡았어?"

로렌이 자기 방으로 같이 가서 사진을 좀 보지 않겠느냐고 제안해왔을 때, 아델은 그녀와 잘 거라고 생각했다. 남자 역할은 맡지 않을 거라고, 성기를 핥아주지 않을 거라고, 그냥 그녀의 손에 맡기겠노라고 아델은 생각했다.

가슴. 그녀의 가슴을 만져줄 수도 있을 것이다. 그녀의 가슴은 다정하고 보드라우며 순해 보였다. 별 망설임 없이 맛보고 싶을 가슴이었다. 하지만 로렌은 옷을 벗지 않았다. 사진을 보여준 것도 아니었다. 침대에 길게 누워 이야기를 했다. 아델이 곁에 눕자 로렌은 그녀의 머리칼을 쓰다듬었다. 이제 막 친구가 되어가는 이의 어깨 위에 놓인 머리, 아델은 지쳤고, 몸 한가운데 구멍이 뻥 뚫린 느낌이었다. 잠에 빠져들기 전, 아델은 로렌이 어떤 어마어마한 불행으로부터 자신을 구해주었다는 걸 직감하고, 그녀에게 무한한 고마움을 느꼈다.

오늘 저녁, 친구의 사진전이 열리는 갤러리 앞 보마르셰

대로에서 아델은 로렌을 기다리고 있다.

"네가 안 오면 나도 안 들어갈래."로렌에게는 이미 말해두었다.

그녀는 마지못해 온 것이다. 집에 있고 싶었지만 그랬다가는 로렌의 원망을 살 게 뻔했다. 벌써 서로 못 본 지 몇 주나 지났다. 아델은 가까스로 핑곗거리를 찾아 마지막 순간에 저녁 약속을 취소했다. 벌써 수차례 친구에게 핑곗거리가 되어달라고 한 것에 대한 죄책감도 있었다. 한밤중 아델은 로렌에게 문자를 보내곤 했다.

'리샤르한테서 전화 오면 받지 마. 내가 너랑 같이 있는 줄 아니까.'

로렌은 아무 대답도 하지 않았으나 아델이 맡긴 역할에 슬슬 짜증을 내고 있다는 걸 아델도 모르진 않았다.

사실, 아델은 로렌을 피하고 있다. 지난번 로렌의 생일날, 아델은 그래도 완벽하고 인심 좋은 친구 역할을 견뎌내기로 마음먹었다. 음악을 담당했고 로렌이 환장하는 샴페인도 사왔다. 자정이 되자 리샤르가 변명을 남기고 로렌의 아파트를 떠났다.

"그래도 누군가는 집에 돌아가서 베이비시터에게 자유를 줘야지."

아델은 따분했다.

이 방에서 저 방으로 대화 도중에 자리를 떴고 뭐가 됐든 도무지 집중을 할 수 없었다. 우아한 정장 차림의 남자와 시시덕거리다가 두 눈을 반짝이며 술을 한 잔 청했다. 남자는 머뭇거렸다. 그는 긴장한 표정으로 사방을 두리번거렸다. 남자의 아내가 분노로 씩씩대며 천박한 걸음걸이로 등장했을 때에야 비로소 아델은 남자가 당황한 이유를 알 수 있었다. 여자가 아델을 공격했다.

"별일 없죠? 얌전히 계시는 게 좋지 않을까요? 이 사람 유부남이에요."

아델은 비웃음을 터뜨리고는 대꾸했다.

"나도 유부녀예요. 걱정할 이유가 하나도 없어 보이는데요."

얼음장처럼 차갑게, 떨면서 아델은 멀어졌다. 그리고 저 까칠한 여자가 야기한 혼돈을 웃음으로 감추려 애썼다.

아델은 마티외가 담배를 피우고 있는 발코니로 몸을 숨겼다. 로렌을 사랑하는 마티외, 10년 전부터 로렌을 착각으로 어르고 달래주는 연인. 로렌은 여전히 그가 결국은 자신과 결혼하여 아이를 낳고 살 거라고 생각한다. 아델이 질투심에 불타는 여자와 조금 전 있었던 일을 들려주자 마티외는 무시하라고 말한다. 두 사람은 서로에게서 눈을 떼지 않았다. 새벽 2시, 마티외가 외투를 걸치는 아델을 거들어주었다. 아델을 차로 바래다주겠다는 그의 제안에 살짝 실망한 로렌이 말했다.

"그러면 되겠네. 둘이 가까운 데 살잖아."

몇 미터 채 가지 않아 몽파르나스 대로 옆 길에 차를 세운 마티외가 아델의 옷을 벗겼다.

"계속 하고 싶었어."

아델의 엉덩이 양쪽을 꽉 움켜쥐고 그녀의 입을 자기 성기에 가져다 대는 마티외.

다음 날, 로렌이 아델에게 전화를 걸었다. 그러고는 마티외가 자기 얘기를 했는지, 왜 그녀의 집에서 자고 가지 않은 건지 캐물었다.

아델은 대답했다.

"네 얘기만 계속했지. 너한테 푹 빠진 거 알면서 왜 그래."

패딩을 입은 무리가 지하철 생 세바스티앙 프라사르 역에서 뒤뚱뒤뚱 쏟아져 나온다. 잿빛 모자, 푹 숙인 머리, 할머니 나이는 되었을 법한 여자들 손에서 흔들리는 보따리들. 크지도 색이 곱지도 않은 나무옹이들은 얼어 죽을 것 같다. 로렌이 한쪽 팔을 흔든다. 하얗고 부드럽고 따뜻한 캐시미어 롱코트를 입었다.

"이리 와. 오늘 소개해줄 사람이 많아."

그녀가 아델의 팔을 끌며 말한다.

갤러리는 퍽 작은 두 개의 방이 붙어 있는 구조로 방과 방 사이에 플라스틱 컵과 칩, 그리고 종이접시에 담은 땅콩 등으로 간단한 뷔페를 차렸다. 전시 주제는 아프리카였다. 아델은 콩나물 시루 같은 기차, 자욱한 먼지에 휩싸인 도시, 웃는 아이 얼굴, 위엄 넘치는 노인들의 사진에서 간간이 걸음을 멈춘다. 아비장과 리브르빌 잡목숲을 찍은 로렌의 사진이 마음에 든다. 사진 속엔 춤과 바나나 맥주에 취해 땀을 뻘뻘 흘리며 부둥켜안은 커플들이 담겨 있다. 카키 또는 옅은 노란색 반팔 셔츠를 입은 남자들이 머리를 길게 땋은 섹시한 여자들의 손을 잡고 있다.

로렌은 분주하다. 아델은 샴페인을 연달아 두 잔 마신다. 아델은 초조해진다. 갤러리의 모든 사람이 혼자 있는 그녀를 쳐다보는 것만 같다. 아델은 주머니에서 핸드폰을 꺼내어 누군가에게 문자 메시지 보내는 시늉을 한다. 로렌이 불렀을 때, 아델은 고개를 저으며 손가락 사이에 끼워둔 담배를 보여준다. 직업이 뭐냐고 묻는 사람들에게 대답할 마음조차 들지 않는다. 돈 한 푼 없는 이 예술가들, 남루하게 차려입은 신문기자들, 세상 모든 일에 의견을 다는 블로거들을 생각하는 것만으로도 권태가 치민다. 그들과 대화하는 게 참을 수 없는 고역이다. 그냥 거기 있어라, 밤을 스치면서, 하찮음 속에 길을 잃으면서, 집으로 돌아가길.

밖으로 나오니 젖은 칼바람이 얼굴에 불을 붙이는 것만 같다. 복도에서 담배를 피우는 사람이 딱 둘뿐인 건 아마 그런 이유에서일 것이다. 담배를 피우는 사람은 키는 작지만 어깨가 다부지다. 그녀는 시선을 피하지 않고 대담하게 그를 바라본다. 아델은 잔 바닥에 남은 샴페인을 삼켜 혓바닥을 적신다. 두 사람은 함께 술을 마시며 이야기를 나눈다. 하찮은 것들에 대해. 서로 통하는 웃음, 짐작하기 어렵지 않은 암시들. 가장 아름다운 대화. 그가 그녀를 치켜세우고 그녀는 살며시 웃어준다. 그가 그녀의 이름을 묻지만, 그녀는 말해주지 않는다. 이 사랑스럽고, 부드러우며, 특별한 데 없는 구애가 그녀에게 살아갈 욕망을 준다.

두 사람의 모든 대화는 오로지 한 가지 목적을 향한다. 거기까지 가는 것. 거기, 아델이 초록색 쓰레기통에 몸을 바짝 대고 선 작은 골목길. 그가 아델의 스타킹을 찢었다.

아델은 옅은 신음을 토하며 고개를 뒤로 젖힌다. 그가 손가락을 아델의 몸속에 집어넣더니 이내 엄지로 그녀의 클리토리스를 만지작거린다. 행인들과 눈을 마주치지 않으려 아델이 눈을 감는다. 이번엔 아델이 남자의 가늘고 부드러운 주먹을 잡아 자기 몸속에 집어넣는다. 그도 마찬가지로 12월의 어느 목요일 밤, 낯선 여자가 쏟아내는 뜻밖의 욕망에 몸을 맡기며 신음하기 시작한다. 흥분한 그는 더 갖고 싶어진다. 그녀의 목덜미를 깨물어 끌어당기더니 바지 지퍼를 내리기 시작한다. 머리가 헝클어지고, 두 눈이 이제 한껏 커진 남자. 갤러리에서 본 사진 속 인물들처럼 굶주린 시선이 된다.

뒤로 물러선 그녀가 스커트를 내린다. 그가 한 손으로 머리칼을 쓸어내며 정신을 수습했는지 여기서 멀지 않은 데서 산다고 말한다. 정말 "리볼리 거리 옆"이라고. 그녀는 갈 수가 없다.

"이걸로 됐어."

아델은 갤러리로 돌아간다. 그사이 로렌이 가버렸을까 봐 두렵고, 혼자 집으로 돌아가야 할까 봐 두렵다. 그녀의 눈에 하얀 외투가 들어온다.

"아, 여기 있었네."

"로렌, 집까지 나 좀 데려다줘. 나 겁 많은 거 알잖아. 너는 밤에도 혼자 잘 걷지만. 겁이 없지."

"자, 앞장서. 담배 좀 줘봐."

두 여자가 함께 서로에게 꼭 붙어서 보마르셰 대로를 따라 걷는다.

"왜 안 따라갔어?"

"집에 들어가야 해. 리샤르가 기다리거든. 오늘은 안 늦을 거라고 했어. 싫어. 이쪽으로 안 갈래."

두 사람이 레퓌블릭 광장에 들어섰을 때 아델이 말한다.

"여기 덤불 속에 쥐가 있어. 쥐들이 개처럼 커, 진짜야."

두 여자가 그랑 대로를 오른다. 밤이 점점 더 짙어지면서 아델은 불안해진다. 술기운에 불안증이 한층 심해진다. 거리의 남자들이 전부 두 여자를 바라본다. 케밥 장수들 앞을 지날 때 남자 셋이 "어이, 아가씨들!" 하고 외치자 아델은 소스라친다. 나이트클럽, 아이리시펍에서 한 무리가 비틀비틀 유쾌하게 떠들며 때로는 공격적인 모습으로 쏟아져 나온다. 아델은 겁이 난다. 리샤르와 함께 침대에 들고 싶다. 모든 문과 창을 다 잠그고. 리샤르가 그냥 두지 않을 것이다. 누구든 아델을 아프게 못 하도록 그녀를 지켜줄 것이다. 아델은 로렌의 팔을 끌며 발걸음을 재촉한다.

최대한 빨리, 집으로, 리샤르의 곁으로, 그의 차분한 시선이 머무는 곳으로. 내일이면 그녀가 저녁식사를 준비할 것이다. 그녀가 집을 치우고 꽃을 살 것이다. 남편과 함께 와인을 마시고 그녀가 어떤 하루를 보냈는지 종알거릴 것이다. 그녀는 주말 계획을 세울 것이다. 협조적이고 온화하며 말 잘 듣는 순둥이가 될 것이다. 모든 말에 '그럼'이라고 대답할 것이다.

"왜 리샤르와 결혼했어?"

로렌이, 마치 그녀의 마음속에 들어갔다 나온 사람처럼 묻는다.

"리샤르를 사랑하고 있다고 생각했어? 너 같은 여자가 어떻게 이렇게 살 수 있나 도무지 이해가 안 가. 자유를 즐기면서 네가 하고 싶은 대로 살 수도 있었잖아. 거짓말도 안 하고. 내가 볼 땐 좀…… 비정상이야."

아델이 놀란 눈으로 로렌을 바라본다. 그녀는 친구가 방금 한 말을 쉽게 이해할 수가 없다.

"리샤르가 결혼하자고 해서 했어. 처음이자 유일한 사람이었지. 리샤르는 나에게 줄 게 많은 사람이었어. 게다가 우리 엄마가 무척 좋아했어. 의사라면, 좀 이해가 가겠니?"

"진짜야?"

"난 내가 꼭 혼자 살아야 될 이유를 모르겠는데."

"독립적이라는 게 꼭 혼자라는 말은 아니야."

"너처럼 말이지?"

"아델, 우리는 몇 주 동안 못 만났어. 오늘 저녁에 같이 있었던 시간은 5분도 채 안 됐고. 너에게 나는 그저 알리바이일 뿐이야. 넌 뭐든 네 멋대로야."

"알리바이 같은 건 필요 없어……. 네가 도와주고 싶지 않다면 다른 방법을 찾으면 돼."

"언제까지 이렇게 할 수 있을 것 같아? 된통 걸리고 말 거야. 게다가 불쌍한 리샤르 앞에서 거짓말 지어내는 것도 이젠 지긋지긋해."

"택시다!"

아델이 차도로 달려가 차를 세운다.

"여기까지 같이 걸어와줘서 고마워. 전화할게."

아델이 건물 입구에 들어선다. 계단에 주저앉아 핸드백에서 새 스타킹을 꺼내 신는다. 아기용 물티슈로 얼굴, 목, 두 손을 닦아낸다. 머리를 매만진다. 그리고 계단을 오른다.

거실은 어둠에 잠겨 있다. 아무 소리도 듣지 못한 리

샤르가 새삼 고마워진다. 외투를 벗고 살며시 침실 문을
연다.

"아델? 당신이야?"

"응. 나야."

리샤르가 몸을 돌린다. 허공을 향해 그녀에게 닿으려는
듯 손을 뻗는다.

"기다려."

그가 덧창을 닫지 않았으므로 침대에 미끄러져 들어가
면서 아델은 남편의 얼굴을 볼 수 있었다. 그의 편안한 얼
굴이 신뢰를 준다. 무척 간단하면서도 잔인한 일이다. 만
약 잠에서 깬다면 리샤르는 그녀에게서 오늘 밤, 집에 들
어오기 전의 흔적을 찾아낼 수 있을까? 그가 눈을 뜬다면,
그녀를 나무란다면, 의심의 냄새를 맡고 그녀에게서 죄책
감의 기색을 발견하게 될까? 아델은 자기를 괴롭히고, 자
기 죄를 더욱 가중시키고, 자기를 더욱 못된 여자로 만드
는 남편의 천진함이 오히려 원망스럽다. 남편의 곱고 부드
러운 얼굴을 손톱으로 할퀴어 그의 편안한 잠을 찢어발기
고 싶어진다.

그래도 아델은 남편을 사랑한다. 그녀에겐 세상에 오직
그뿐이다. 그녀는 알고 있다. 그가 그녀의 마지막 기회라

는 걸. 두 번 다시 찾아오지 않을. 이제 그녀는 이 침대에서 편안하게 잠들 것이다. 그는 그녀를 바라볼 뿐, 아무 흔적도 찾아내지 못할 것이다.

아델은 푹 잤다. 그리고 턱밑까지 이불을 덮은 채 리샤르에게 그녀가 꾼 바다 꿈 이야기를 들려준다. 초록빛 오래된 유년의 바다가 아니라 진짜 바다, 함수호와 작은 만이 있는 바다, 금송이 늘어선 바다. 단단하고 뜨거운 바닥에 그녀가 누워 있었다. 바위 위였던가. 그녀는 혼자였고, 조심스럽게, 그리고 순수하게, 브래지어를 벗었다. 반쯤 감은 눈, 그녀가 넓은 바다 쪽으로 몸을 돌렸다. 수많은 별들, 물 위로 비치는 햇살 때문에 눈을 뜰 수 없었다.

"그리고 그 꿈속에서 내가 나에게 말한 거야. 이날을 기억하라고. 네가 얼마나 행복했는지 잊지 말라고."

아이의 발소리가 들려온다. 침실 문이 서서히 열리더니 뤼시앙의 동그랗고 오동통한 얼굴이 나타난다.

"엄마."

아이가 눈을 비비며 가냘프게 엄마를 부른다. 그러곤 침대 속으로 들어온다. 평소 같으면 스킨십을 거칠게 거부하는 아이가 오늘은 아델의 어깨 위에 머리를 살며시 기댄다.

"우리 아기, 잘 잤어?"

그녀가 살며시, 끝없이 신중하게, 마치 터럭만큼이라도 실수해서 이 소중한 순간을 망가뜨릴까 봐 두려워하는 듯 묻는다.

"응, 잘 잤어."

몸을 일으킨 아델은 아이를 팔에 안고 부엌을 향한다. 아직 실체를 드러내지 않은 사기꾼들이 그렇듯 그녀는 사뭇 들떠 있다. 사랑받는다는 감사함과 모든 걸 잃는다는 생각이 주는 경직 상태. 아무것도, 현재로서는 복도 끝에서 들려오는 전기면도기 소리보다 더 소중한 건 아무것도 없는 것 같다. 아들을 품에 안은 이 아침, 이 포근함, 그녀를 향한 아이의 요구에 시련을 주는 것보다 더 큰 고통은 없어 보인다. 아델은 크레이프를 만든다. 한가운데 노란 얼룩이 묻었는데도 일주일 내내 안 바꾸고 그냥 둔 테이블보를 재빨리 걷어낸다. 리샤르를 위한 커피를 내리고 뤼시앙 곁에 앉는다. 크레이프를 베어 무는 아이, 잼을 잔뜩 묻힌 손가락을 쪽쪽 빠는 아이를 그녀는 바라본다.

남편이 욕실에서 나오길 기다리며 종이를 한 장 집어 들어 리스트를 만든다. 할 일, 특히 미처 못한 일들. 머릿속의 계획은 또렷하다. 일상을 정리하고, 고민거리들을 하나하나 치워버리겠다. 각종 의무 사항으로 일상을 채우겠다.

신문사에 도착했을 때 사무실에는 거의 아무도 없다. 늘 이곳에서 살다시피 하는 클레망틴이 있을 뿐이다. 하물며 매일 똑같은 옷을 입는다. 아델은 커피를 한 잔 마시고 책상을 정리한다. 출력해둔 기사 더미, 이미 지나간 행사 초대장을 전부 버린다. 흥미로워 보이는 자료들은 파란색과 초록색 파일로 분류하지만 결코 들여다볼 일은 없을 것이다. 명료한 정신, 편안해진 마음으로 일을 시작한다. 낯선 이들에게 전화할 때 느껴질 거부감을 이겨내기 위해 "하나, 둘, 셋" 하고 세어본다.

"나중에 다시 전화 주세요."

"아니요, 이런 종류의 요청은 이메일로 하셔야 해요."

"뭐요? 무슨 신문? 됐어요. 할 말이 없다고요."

이리 치이고 저리 치이지만, 아델은 용감히 맞선다. 매번 투쟁의 현장으로 되돌아가 사람들에게 거절당한 질문들을 다시 던진다. 고집스럽게 맞선다. 더 이상 아무것도 쓸 수 없어지자 아담한 안뜰로 이어지는 긴 복도를 걷는다. 메모를 손에 쥐고 담배를 입에 문다. 그리고 또 소리 높여 반복되는 질문과 거절들.

오후 4시, 기사 작성이 끝났다. 담배를 너무 피워댔다. 기사가 마음에 들지 않는다. 편집실엔 활기가 넘친다. 시릴은 흥분 상태다.

"이런 일은 튀니지에서 처음이야. 내 생각엔 끝이 안 좋을 거 같아. 이런 이야기는 결국 피를 보게 되지."

그녀가 기사를 편집장에게 보내려 분주한 가운데 핸드폰 진동이 울렸다. 흰색 핸드폰. 핸드백 밑바닥에 깔린 핸드폰을 찾아낸다. 그리고 연다.

'아델. 너와 보낸, 그 마법 같던 밤이 계속 떠올라. 우리는 꼭 다시 만나야만 해. 다음 주에 내가 파리에 가면 한잔하거나 저녁이라도 먹자. 이렇게 끝낼 순 없어. 니콜라.'

그녀는 곧바로 메시지를 지운다. 화가 머리끝까지 난다.

한 달 전 마드리드에서 열린 학회에서 만난 남자다. 그때, 일할 마음이 있는 사람은 아무도 없었다. 기자들의 머릿속엔 오로지 공짜 술과 자금 지원 출처가 불분명한 싱크탱크가 지불하는 스위트룸에 대한 생각뿐이었다. 새벽 3시 무렵, 아델은 니콜라의 방으로 따라 들어갔다. 매부리코에 머리칼이 아주 아름다운 남자였다. 둘은 바보처럼 사랑을 나눴다. 그는 계속해서 그녀를 꼬집고 물어뜯었다. 그녀는 콘돔을 끼우라고 말하지 않았다. 취해서 그랬을 것이다. 하지만 그녀는 콘돔 없이 그에게 항문 섹스를 허락했다.

다음 날 아침, 호텔 로비에서 그녀는 얼음장처럼 차갑게 굴었다. 공항으로 향하는 차 안에서 그녀는 한마디도 하지 않았다. 그는 놀란 나머지 어쩔 줄 몰라 했다. 그녀가 그에게 혐오감을 느끼고 있다는 걸 그는 미처 모르는 것 같았다.

그에게 번호를 준 건 아델이었다. 이유도 딱히 알지 못한 채였다. 그녀의 흰색 핸드폰은 은밀히 다시 만나고 싶은 남자들 전용이었다. 불현듯, 그녀는 그에게 자기가 어디 사는지 말해주었다는 것을 떠올렸다. 그녀가 사는 동네에 대한 대화를 나눴던 기억이 났다.

그가 말했었다.

"나도 18구가 정말 마음에 들어."

아델은 이번 저녁 초대가 내키지 않는다. 입고 갈 옷을 선뜻 고르지 못했는데, 그 또한 불길한 징조 같다. 머리칼은 부석부석하고 낯빛은 전에 없이 창백하다. 그대로 욕실에 틀어박혀 있다가 리샤르의 독촉에 기운 없이 대꾸한다. 문 뒤로 리샤르가 베이비시터와 나누는 얘기가 들린다. 뤼시앙은 이미 잠들었다.

아델은 마침내 검정 옷으로 갈아입는다. 지금보다 젊었을 때는 단 한 번도 입어본 적 없는 색이다. 빨강에서 밝은 오렌지까지, 레몬색 스커트에서 짜릿한 파란색 단화까지 늘어선 그녀의 옷장은 화려했다. 점점 시들고 광채를 잃어가면서부터 아델은 어두운 색감을 좋아하게 되었다. 회색 스웨터, 검게 말린 옷깃에 큰 액세서리를 더한다.

오늘 저녁, 그녀는 남성적인 느낌의 정장 바지와 등이 초승달 모양으로 파인 스웨터를 고른다. 터키색 아이크레 용으로 눈가에 일본 연못 같은 초록 라인을 그린다. 립스 틱을 발랐다가 지워버렸다. 마치 누군가와 게걸스러운 키스라도 나눈 것처럼 입술 가장자리에 불그스름한 라인을 남겨둔다. 욕실 문 밖에서 리샤르가 조곤조곤 물어온다.

"다 됐어?"

남편이 베이비시터에게 '아, 여자들이란 어찌나 꾸미길 좋아하는지…….'라는 뜻으로 미소 짓고 있다는 걸 안다. 아델은 준비가 끝났지만 그를 더 기다리게 하고 싶다. 욕 실 바닥에 수건을 깔고 그 위에 눕는다. 두 눈을 감고 노래 를 흥얼거린다.

리샤르는 두 사람을 초대한 자비에 랑송에 대해 끝없이 얘기한다. 자비에는 유서 깊은 학자와 이름난 의사가 있는 가문의 후손으로 실력파 외과의다.

"윤리의식이 철저한 사람이지."

리샤르가 강조한다. 그런 그의 흥을 깨지 않으려 아델은 답했다.

"그런 분이라면 한번 만나보고 싶어."

택시가 사유지 철문 앞에 두 사람을 내려준다.

"와, 고급스럽네!"

리샤르는 흥분을 감추지 못한다. 아델 역시 근사한 집이라고 생각하지 않은 건 아니지만, 홀딱 반해 정신 나간 모습을 보이는 것보다는 차라리 차분해지기로 한다. 그녀는 어깨를 한 번 으쓱한다. 두 사람은 철문을 열고 3층짜리 저택 현관까지 놓인 좁다란 포장길을 오른다. 본래 아르데코식 건축물에다가 새로 온 주인들이 한 층을 더 증축해 나무가 있는 넓은 나무 테라스를 만들었다.

아델은 수줍게 웃는다. 두 사람을 맞이하는 남자가 그녀를 향해 몸을 숙인다. 땅딸막한 남자는 꼭 끼는 하얀 와이셔츠를 청바지 안에 넣었다.

"안녕하세요, 자비에입니다."

"네, 저는 소피라고 해요."

집주인 내외가 서로를 소개한다.

아델은 말 없이 한쪽 뺨을 내민다.

"미안하지만, 이름을 못 들었는데요."

소피가 초등학교 교사처럼 묻는다.

"아델이에요."

"안녕하세요, 제 집사람입니다."

리샤르가 말한다.

그들은 밝은색 나무 계단을 올라 웅장한 거실에 들어간다. 벨벳 소파 두 개, 50년대식 덴마크 테이블이 자리하고 있다. 전부 타원형이고 세심히 관리한 티가 역력하다. 폐업한 쿠바의 소극장을 담은 거대한 흑백사진이 벽을 장식했다. 선반 위의 향초가 명품샵에서나 나는 온화한 향을 풍긴다.

리샤르는 바 뒤에 앉은 남자들 쪽으로 다가간다. 사람들은 크게 떠들고 진부한 농담에도 박장대소한다. 잔에 일본 위스키를 따라주는 자비에를 바라보며 남자들이 손바닥을 맞비빈다.

"한 잔들 하시겠어요?"

자신을 에워싸고 선 여자들에게 소피가 권한다.

아델이 잔을 내민다. 남자들 쪽을 바라보며 출구를 찾아본다. 자신이 서 있는 앵무새 무리 한복판을 피해 남자들과 어울릴 수 있는 탈출구. 하찮은 여자들이다. 그들의 관심을 끌려고 노력하는 것조차 아깝다. 거기 있는 게, 여자들의 얘기를 듣는 게 피곤해 견딜 수 없다.

"……그래서 제가 그이한테 그랬죠. 한 층이 더 필요하다면 만들어야지! 물론 공사를 석 달이나 했지만, 지금 결과를 보세요. 파리 한복판에 이런 큰 집에 성당 같은 거실이라니! 공사요? 끔찍했고 말고요! 풀타임으로 일하는 거야, 그건. 그나마 내가 가정주부라서 다행이라면 다행일까. 그리고 이 집을 사서 얼마나 좋은지……. 이걸 월세로 낸다고 생각하면 얼마나 낭비예요. 여기요? 3만 평이에요. 어마어마하죠……."

"예? 애들요? 아, 한참 전부터 자죠! 우리 집은 시간 관리에 좀 엄한 편이어서 손님들 기다리지 말고 자라고 했어요. 애들이 얼마나 컸는지 보셨으면 좋았을 텐데……. 마리루는 바이올린을 하고 아르센은 이유식을 시작했어요. 젊은 보모를 찾았는데 썩 괜찮아요. 아프리카인이죠. 프랑스어도 잘하고……. 그럼요, 불법체류자는 아니에요. 가사도우미나 간단한 집수리라면 불법체류자도 별 상관 없겠지만, 애들 맡기는 건 절대 안 되죠. 좀 무책임한 거 아니겠어요? 한 가지 걸리는 건, 애가 라마단을 지키더라고요. 그게 나는 너무 싫어. 쫄쫄 굶어가며 어떻게 애들을 본다고……. 그럼요, 맞는 말이고 말고. 그건 비이성적인 일이죠. 그래도 언젠가는 스스로 깨닫고 그만두겠지 하는 생각이에요. 근데, 아델. 무슨 일을 해요?"

"신문 기자예요."

"아, 재미있는 일이겠네요."

아델이 내민 빈 잔을 다시 채우며 소피가 감탄한다. 머뭇거리며 쉽게 입을 열지 않는 아이를 바라보듯 그녀는 미소를 잃지 않고 아델을 주시한다.

"자, 식탁으로 옮길까요?"

아델은 자기 잔에 와인을 채운다. 그녀의 오른편에 앉은 자비에가 와인 병을 들어 미처 아델의 잔을 채워주지 못한 것을 사과한다. 사람들은 리샤르의 농담에 웃음을 터뜨린다. 아델에게는 우습지도 않은 일이다. 남편이 사람들의 주의를 끌 수 있다는 사실을 그녀는 이해할 수 없다.

어쨌거나, 아델은 더 이상 대화를 듣고 있지 않다. 그녀는 어딘가 불편하고 씁쓸하다. 오늘 저녁, 그녀는 없는 사람 같다. 아무도 그녀를 바라보지 않고, 그녀의 얘기를 듣지 않는다. 이제는 마음이 찢어지고 눈꺼풀을 파르르 떨리게 만들며 언뜻언뜻 스쳐가는 생각들을 좇으려는 노력도 기울이지 않는다. 식탁 아래 그녀의 다리가 떨린다. 벌거벗고 싶다. 누군가 그녀의 가슴을 만져주면 좋겠다. 그녀의 입술 위로 다른 입술을 느끼고 싶다. 고요한 짐승을 느껴보고 싶다. 누군가 자신을 원해주기만을 간절히 바란다.

자비에가 자리에서 일어난다. 아델은 좁은 복도 끝 화장실까지 그를 쫓는다. 그가 나오자 길을 터주며 그가 불편하게 느낄 정도로 그의 몸을 바짝 스친다. 그는 돌아보지 않고 식탁으로 돌아간다. 아델은 화장실에 들어가 거울을 마주 보고 선다. 미소를 지으며 자기 자신과 점잖은 대화를 나누는 시늉을 하며 입술을 움직여본다. 입술은 건조하며 보랏빛이다.

식탁으로 돌아와 자리에 앉은 그녀가 한 손을 자비에의 무릎 위에 얹자 그는 화들짝 다리를 움츠린다. 그녀의 시선을 피하기 위해 그가 기울이는 노력이 그녀에게도 느껴진다. 더 과감해지기 위해 그녀는 술을 마신다.

"아델, 아들이 하나 있지 않아요?"

소피가 묻는다.

"있어요. 한 달 있으면 세 살이죠."

"너무 귀엽겠네요! 그럼 둘째는 언제쯤?"

"모르겠어요. 어쩌면 안 가질 수도 있고."

"저런, 안 될 말이죠! 외동은 너무 슬퍼요. 형제자매가 주는 행복이 어떤 건가를 생각한다면 절대 그 행복을 우리 애들에게서 빼앗을 수 없어요."

"아델은 애들이 시간을 많이 빼앗는다고 생각해요. 그래도 일단 정원 딸린 큰 집으로 가게 되면 이 사람도 깡총깡총 토끼처럼 뛰어다니는 애들을 보고 싶어할 거예요. 안그래, 자기? 내년에 리지외로 이사 가거든요. 거기 있는 병원과 동업하자는 황금 같은 제안을 받았어요!"

그녀에겐 오직 한 가지 생각뿐이다. 자비에와 단둘이 있는 것, 단 5분이라도, 저쪽, 저 복도 끝에서, 거실의 대화가 메아리치는 곳에서. 자비에가 잘생겨서도, 매력적이어서도 아니다. 그의 눈이 어떤 색인지도 모른다. 다만 그가 그녀의 스웨터 속으로, 그리고 그녀의 브래지어 속으로 손을 집어 넣어주면 마음이 놓일 것 같다. 그가 그녀를 벽으로 밀어붙여 그의 성기를 문지르고, 그녀가 원하는 것처럼 그역시 그녀를 갖고 싶어 한다는 느낌을 받을 수만 있다면. 두 사람은 좀 더 멀리 나갈 수 있을 것이다. 서둘러야 한다. 어쩌면 그의 성기를 만지는 데서 더 나아가 무릎을 꿇고 그의 성기를 빨 시간까지 있을지 모른다. 둘은 웃음을 터뜨리며 아무렇지 않게 거실로 돌아갈 것이다. 여기서 더 진도를 빼진 않을 것이다. 이것으로 완벽할 것이다.

소피는 매력을 찾아보려야 찾을 수 없는 여자다. 안주인의 목에 걸린 조잡한 액세서리를 싸늘히 쏘아보며 아델이 생각한다. 실크 리본 끈에 파랗고 노란 플라스틱 구슬을 단 목걸이다. 따분한 여자야, 멍청한 앵무새. 아델이 확신한다. 이런 여자들, 이토록 평범한 여자들은 어떻게 사랑을 나누는 걸까. 이 여자들도 쾌락을 주고받을 줄 알까. '사랑을 나눈다'라고 말할까, 아니면 '섹스한다'라고 말할까. 아델은 알고 싶다.

돌아오는 택시 안, 리샤르의 얼굴이 굳어 있다. 뭐가 불만인지 아델은 알고 있다. 술을 잔뜩 마신 아델이 추태를 부렸다. 그러나 리샤르는 아무 말도 하지 않는다. 고개를 뒤로 젖힌 그가 안경을 벗고 눈을 감는다.

"우리가 지방으로 내려갈 거라는 소문은 왜 냈지? 나는 찬성한다고 한 적 없는데, 마치 내가 동의한 것처럼 말하던데."

아델이 따진다.

"반대하는 거야?"

"반대한다고도 안 했어."

"그럼 아무 말도 하지 마. 어쨌든 당신은 절대 아무 말도 하지 마."

리샤르가 차분하게 말한다.

"의견을 내지 않을 거면 내가 결정한 일에 대해 반대하지도 마. 그리고 솔직히 말해서, 당신이 왜 그런 식으로 행동하는 건지 이유를 모르겠어. 곤드레만드레 취해서는 마치 자기는 인생만사를 다 이해한다는 듯 사람들한테 큰 소리로 떠들고. 당신 눈엔 다른 사람들이 전부 어리석은 양 떼로 보이나 보지? 아델, 그거 알아? 당신도 우리처럼 평범한 사람일 뿐이야. 언젠가 당신이 그걸 인정하는 날 좀 더 행복해질 거라고 생각해."

생애 처음 파리를 찾았을 때 아델은 열 살이었다. 만성절 방학 기간이었고, 시몬은 오스만 대로의 작은 호텔을 예약했다. 처음 며칠 동안 시몬은 아델을 호텔 방에 혼자 남겨두었다. 그리고 무슨 일이 있어도 절대 방문을 열지 말라고 신신당부했다.

"호텔은 위험한 곳이야. 너처럼 어린 여자애에게는 더더욱."

아델은 이렇게 말하고 싶었다. '그럼 나를 혼자 놔두고 가지 마, 엄마.' 그러나 아델은 아무 말도 하지 않았다.

셋째 날, 큰 침대 위에서 두툼한 이불을 덮고 한잠 자고 일어나 텔레비전을 켰다. 작은 창 너머로 어두운 잿빛 안뜰을 향해 해가 기우는 게 보였다. 호텔 방엔 곧 어둠이 내렸는데 엄마는 아직도 돌아오지 않았다. 아델은 텔레비전 화면 위로 펼쳐지는 광고 음악과 웃음에 몸을 맡기고 잠을 청해보았다. 머리가 지끈거렸다. 시간 감각을 잃었다.

쫄쫄 굶었으나 엄마가 '관광객을 상대로 한 함정'이라고 말한 적 있는 미니 바에는 손댈 엄두가 나지 않았다. 초코 바나 햄 샌드위치 남은 게 있을까 싶어 백팩을 뒤졌다. 휴지 조각이 덕지덕지 붙어 더러운 사탕 두 개를 찾아냈을 뿐이다.

누군가 방문을 두드리기 시작했을 때 아델은 막 잠들려던 참이었다. 고집스럽게. 점점 더 세게. 아델은 외시경이 없는 문으로 다가갔다. 문 밖에 누가 있는지 알 수도, 감히 문을 열어볼 수도 없었다.

"누구세요?"

아델이 떨리는 목소리로 물었다. 아무 대답도 들려오지 않았다. 주먹은 더욱 거세졌고, 아델은 호텔 복도에서 발소리를 들었다. 누군가의 숨결을, 길고 거칠고, 기어코 문짝을 뜯어내고야 말 것만 같은 성난 숨결을 들은 것만 같았다.

겁에 질린 아델은 땀에 흠뻑 젖은 채 침대 밑으로 몸을 숨겼다. 침략자들이 방으로 들어와 눈물에 젖은, 베이지색 카펫에 얼굴을 파묻은 자신을 찾아내고야 말 거라고 굳게 믿으면서. 아델은 경찰을 부를까, 살려달라고 소리를 지를까, 누군가 달려와 그녀를 구해줄 때까지 비명을 지를까 생각해보았다. 하지만, 공포에 절반쯤 의식을 잃은 그녀는 손가락 하나 까딱할 수 없었다.

밤 10시쯤, 시몬이 방문을 열었을 때 아델은 잠들어 있었다. 침대 밖으로 삐져나온 아델의 발을 본 시몬이 발목을 잡아 끄집어냈다.

"아니, 여기서 뭐 하는 거야? 또 무슨 장난을 치려고?"

"엄마! 왔어!"

아델은 몸을 일으켜 엄마의 품으로 뛰어들었다.

"어떤 사람이 방으로 들어오려고 했단 말이야! 그래서 숨었어. 너무 무서웠어."

딸의 양어깨를 움켜잡은 시몬이 찬찬히 살폈다. 그리고 냉정하게 말했다.

"잘 숨었어. 바로 그렇게 하는 거야."

집으로 돌아가기 전날이 되어서야 시몬은 아델에게 파

리 구경을 시켜주겠다는 약속을 지켰다. 한 남자가 모녀와 함께했는데, 아델은 그의 얼굴도 이름도 기억나지 않았다. 기억나는 거라곤 남자에게서 풍기던 사향과 담배 냄새, 그리고 긴장으로 신경이 곤두선 채 "아델, 아저씨에게 인사해."라고 말하던 엄마뿐이었다.

남자는 두 사람을 생미셸 대로의 음식점으로 데려가 점심을 먹으며, 아델에게 생애 처음으로 맥주 맛을 보여주었다. 그들은 센 강을 건너 그랑 대로가 있는 데까지 걸었다. 아델은 베르도, 주프루아와 아케이드와 비비엔느 갤러리의 장난감 가게 앞에서 머뭇거리느라 애가 닳은 시몬이 부르는 소리도 듣지 못했다. 그러고 나서 그들은 몽마르트르에 갔다.

"애가 좋아할 거야." 남자가 번번이 말했다.

피갈 광장에서 그들은 관광 열차를 탔고, 엄마와 남자 사이에 끼어 앉은 아델은 물랭 루즈를 보며 공포를 느꼈다.

아델은 이때의 피갈 관광을 어둡고 공포스러우며 음산하면서 동시에 끔찍하리만치 생생한 기억으로 간직하고 있다. 클리시 대로에서, 안개비가 내리는 11월인데도 거의 벌거벗은 차림으로 10여 명씩 모여 있던 창녀들을 보았다고 아델은 기억한다. 믿거나 말거나. 펑크족, 마약에 취해 비틀대는 사람들, 머리에 포마드를 바른 포주들, 가슴이 뾰족하게 치솟고 표범 무늬 치마 속에 가짜 성기를 넣은 트렌스젠더들. 거대한 장난감 같은 관광 열차의 흔들림 속에서, 음탕한 시선을 주고받는 엄마와 남자 사이에 끼어 아델은 생애 처음으로 공포와 욕망, 혐오와 에로틱한 흥분이 뒤범벅된 야릇한 감각을 느꼈다. 러브호텔 문 뒤에서, 건물 안뜰 후미진 곳에서, 아틀라스 극장 좌석 위에서, 장밋빛과 푸른빛 네온이 땅거미를 파고드는 섹스숍 뒷방에서 어떤 일이 벌어지고 있는지 알고만 싶어지는 이 더러운 욕망. 남자들의 품속에서도, 몇 년의 시간이 흘러 똑같은 길을 걸어봤으나 아델은 그때의 감정을 두 번 다시 느껴보지 못했다. 불순한, 외설적인, 부르주아의 변태성과 인간의 비루함을 손가락 끝으로 톡 하고 건드리는 듯한 이 마술 같은 감정을.

아델에게 크리스마스 휴가는 어둡고 긴 터널이자 벌칙이다. 선량하고 착하며, 가족을 언제나 1순위에 두는 리샤르가 휴가와 관련된 모든 걸 도맡겠다고 약속했다. 그는 식구들 선물을 사고, 자동차 정비를 받고, 올해도 역시 아델을 위한 최고의 선물을 골라두었다.

녹초가 된 아델에게는 휴가가 필요하다. 하루도 빠짐없이 사람들로부터 너무 말랐다, 얼굴이 핼쑥하다, 기분이 안 좋아 보인다는 등의 말을 듣는다. "맑은 공기를 쐬면 좋아질 거야." 마치 파리의 공기가 다른 지역보다 나쁘기라도 한 듯.

매년 크리스마스 휴가는 캉의 시댁, 로빈슨 일가와 함께, 그리고 신년은 아델의 친정에서 보낸다. 리샤르가 그렇게 하기를 원하므로 이제 관례처럼 자리 잡았다. 가봤자 별 볼 일 없는 부모님을 만나기 위해 불로뉴쉬르메르까지 가는 건 시간 낭비라고 아델이 번번이 말했으나 리샤르는 고집을 꺾지 않는다. '할아버지 할머니를 알아야 할 필요가 있는' 뤼시앙뿐 아니라 아델을 위해서도 '가족이란 이유만으로도 중요한 존재이므로'.

리샤르의 부모님 댁은 마르세유 전통 비누와 차 향기를 풍긴다. 아델의 시어머니 오딜은 아주 가끔씩만 거대한 부엌에서 나와 얼굴을 내민다. 이따금 거실로 나와 앉아 식전주를 드는 손님들을 향해 미소 짓고 몇 마디 대화를 던지기도 한다. 그러고는 다시 부엌 저편으로 사라진다. 리샤르의 누이 클레망스가 투덜거린다.

"같이 있어요, 엄마. 엄마 보러 온 거지 먹으러 온 거 아니잖아."

푸아그라 타르틴과 계피 맛 비스킷을 입안 가득 우물거리며 그녀는 번번이 같은 말을 한다. 클레망스는 언제나 어머니를 돕겠다고, 다음 저녁은 본인이 차리겠다고 약속한다. 그렇지만 매번 앙트레의 재료가 뭔지도 모를 정도로

술에 취한 나머지 끝을 모르는 낮잠에 빠지고 만다. 오딜은 비로소 한숨 놓는다.

로빈슨 가족은 손님 접대에 능숙하다. 웃음소리, 샴페인 뚜껑 따는 소리가 리샤르와 아델을 맞이한다. 거대한 크리스마스트리가 거실 한구석에 자리 잡고 있다. 나무가 너무 커서 끝이 천장에 닿을 정도인 데다 조만간 쓰러질 듯 위태해 보인다.

"이 나무 좀 우습지 않니? 나무가 너무 큰 거 아니냐고 앙리한테 얘기했는데도 듣지를 않더구나."

앙리는 어깨를 으쓱하며 두 손을 들어 어쩔 도리가 없다는 제스처를 한다.

"늙어서 그런가 보다."

그의 푸른 눈동자가 아델의 눈을 향한다. 마치 두 사람성향이 똑같기라도 하듯, 둘만이 같은 부족 출신이라는 듯 암묵적 동의의 사인을 주고받는 것처럼. 아델은 앙리에게 몸을 굽혀 그의 뺨에 입을 맞추어준다. 콧구멍 가득 넘실대는 그의 베티베르 면도 거품 향을 들이마신다.

"식사하세요!"

로빈슨 가족이 식사를 한다. 식사 시간에 그들은 음식에 대해 이야기한다. 레시피를 나누고, 맛집 주소를 주고받는다. 식사를 시작하기 전, 앙리는 지하실로 내려가 모두에게서 "아!" 하는 감탄사를 내뱉을 와인을 찾아 올라온다. 일 년에 한 번 찾아오는 이날을 위해 간직해온 와인 코르크를 열어 잔에 따르고 색을 품평하는 그의 모습을 온 가족이 바라본다. 정적이 흐른다. 앙리는 본인의 잔에 약간의 술을 따라 코로 향을 맡아본다. 그리고 한 모금 맛을 본다.

"오, 애들아⋯⋯."

아침 식사 시간, 저마다의 아이들을 무릎에 앉히고 식사를 하는 동안 오딜이 심각한 얼굴로 묻는다.

"자, 이제 말들 해주렴. 점심엔 뭘 먹고 싶니?"

오딜은 단어를 곱씹듯 천천히 말한다.

"엄마가 하고 싶은 걸로요."

어머니의 습관을 뻔히 아는 클레망스와 앙리는 늘 그렇듯 이렇게 대꾸한다. 점심시간, 앙리가 식사에 이어진 테린과 치즈로 번들거리는 입술을 하고 '참 잘 어우러지는' 스페인 와인을 세 병째 따는 가운데, 오딜이 손에 수첩을 들고 자리에서 일어나 난처한 기색으로 말한다.

"오늘 저녁 메뉴가 도무지 떠오르지 않는데. 뭘 먹고

싶니?"

아무도 대답하지 않거나 다들 건성이다. 얼큰히 취해 한숨 늘어지게 낮잠이라도 자고 싶은 마음에 조급해진 앙리가 대뜸 성을 낸다.

"아직 점심도 안 치웠는데 벌써 들들 볶다니!"

오딜은 입을 다물고는 금세 꼬마 여자애 같은 얼굴이 된다.

아델은 이런 사사로운 부부 싸움이 짜증스러우면서도 우습다. 그녀는 점잖은 쾌락주의와 '잘 마시고' '잘 먹기' 경연이라도 치르는 듯한 강박을 이해할 수가 없다. 아델은 언제나 배고픈 걸 좋아했다. 휘청거리고 쓰러질 듯한 느낌, 홀쭉해진 배에서 나는 꼬르륵 소리, 아무것도 먹고 싶지 않은 마음, 이런 것에서 비켜서 있기. 아델은 생의 예술처럼 수척함을 공들여 가꾸었다.

오늘 저녁도 어김 없이 식사 시간이 영원히 늘어진다. 아델이 음식에 거의 손도 대지 않았다는 걸 아무도 알아채지 못했다. 오딜도 더 이상 음식을 권하지 않는다. 리샤르는 약간 취했다. 그는 앙리와 정치 이야기를 나눈다. 파시스트, 부르주아 반동분자들이 화제에 등장한다. 로랑도 대화에 끼고 싶어 한다.

"근데 그……."

"반면. '근데'가 아니라 '반면에'라고 해야지."

리샤르가 말을 뚝 자른다.

아델은 로랑 어깨를 가만히 다독여주고 몸을 일으켜 방으로 들어간다.

오딜은 언제나 아델 부부에게 가장 조용하고 큰 노란 방을 내어준다. 바닥이 얼음장 같은 어딘가 음산한 방이다. 아델은 침대 속에 들어가 두 발을 서로 비비다가 질병과도 같은 잠 속으로 빠져들어간다. 이따금씩 한밤중에 희미하게 의식을 찾을 때가 있다. 정신은 깨어 있으나 육체는 시체처럼 경직된 상태다. 옆에 리샤르의 존재가 느껴진다. 어쩌면 이 마비 상태에서 절대로 빠져나올 수 없을 것만 같은 고통이 느껴진다. 어쩌면 너무나 깊은 이 꿈속에 영원히 잠겨 있어야 하는지도 모른다는.

리샤르가 샤워하는 소리가 들린다. 시간이 흘렀다고 느낀다. 아침이 왔다고 가늠해본다. 뤼시앙의 목소리, 멀리 오딜의 부엌에서 냄비 부딪치는 소리가 그녀가 있는 곳까지 들려온다. 이미 늦은 시간인데 그녀는 일어설 기운이 없다. 딱 5분만, 그녀가 혼자 말한다. 5분만 더. 그러면 하루를 시작할 수 있을 것이다.

　퉁퉁 부은 눈과 젖은 머리로 아델이 방에서 나왔을 때는 이미 아침 식탁이 말끔히 치워져 있다. 리샤르가 그녀를 위해 부엌에 작은 쟁반을 남겨두었다. 아델은 커피 잔을 앞에 두고 앉는다. 한숨짓는 오딜을 향해 미소 짓는다.

　"오늘 할 일이 산더미야. 어떻게 해나가야 할지 모르겠구나."

　창문 너머로 아델은 정원을 내다본다. 커다란 사과나무, 이슬비, 그리고 패딩 차림으로 젖은 미끄럼틀 위로 미끄러지는 아이들. 리샤르가 아이들과 놀아준다. 장화를 신은 그가 아델에게 함께 놀자는 사인을 보낸다. 날이 너무 춥다. 아델은 밖에 나가고 싶지 않다.

　"왜 그렇게 창백해? 얼굴이 너무 안 좋은데."

　집 안으로 들어서며 리샤르가 말한다. 그가 아델의 얼굴 쪽으로 손을 뻗는다.

앙리와 클레망스는 기어이 집을 보러 가자고 우겼다.

"나도 보고 싶어. 그 동네에선 그 집을 저택이라고 부른데, 알고 있어?"

크리스마스 준비를 혼자 할 수 있게 되어 기쁜 오딜이 가족들을 밖으로 끌어내다시피 했다. 로랑은 집에서 아이들을 보고 있기로 했다.

리샤르는 예민해져 있다. 그는 미적미적 차에 오르는 클레망스를 향해 투덜거린다. 아버지에게 집을 보는 동안 아무 말도 하지 않겠다는 다짐을 받아낸다.

"궁금한 게 있으면 내가 물어볼게요, 아시겠어요? 아버지는 끼어들지 마요."

뒷자석의 아델은 차분하고 초연하다. 그녀는 좌석 위로 뻗은 클레망스의 육중한 허벅지를 바라본다. 갉아먹은 손톱이 눈에 들어온다.

리샤르는 쉬지 않고 뒤돌아본다. 앞을 똑바로 보라고 번번이 말해주지만, 마치 이 시골길이 주는 느낌을 기록이라도 하듯 앞을 똑바로 주시하는 건 아델 자신이다. 이 음습한 언덕에 대해, 오르막길에 대해, 낮은 곳의 공용 빨래터에 대해 아델은 어떻게 생각하고 있을까? 마을 입구에 대해서는? 전쟁의 폭격에 홀로 살아남은 마을 교회에 대해서는? 언젠가 배배 꼬인 사과나무가 심어진 작은 비탈길 한복판을 걷는 자기 모습을 상상할까? 물줄기가 흐르는 작은 골짜기 속에서, 집으로 이어지는 이 작은 오솔길 위에서? 담쟁이가 빽빽한 담장을 그녀는 좋아할까? 굳어진 얼굴을 자동차 유리에 붙이다시피 하며, 아델은 자기 자신에게 그 어떤 말도 건네지 않는다. 속눈썹의 떨림까지 통제한다.

나무 대문 앞에 리샤르가 차를 세운다. 리풀 씨가 마치 옛날 성주처럼 두 손을 등 뒤로 깍지 끼고 서서 그들을 기다리고 있다. 뚱뚱하고 불그레한, 실로 거대한 사람이다.

손은 어린아이의 얼굴만 하고, 발은 땅속으로 꺼질 것 같다. 두꺼운 곱슬머리는 금발에서 백발로 변하는 중이다. 멀리서 보면 꽤 인상적인 사람이다. 하지만 인사를 하려고 점점 다가갈수록 아델의 눈에 그의 긴 손톱이 들어온다. 와이셔츠 한가운데 단추가 떨어져 나갔다. 가랑이 사이엔 의심쩍은 얼룩이 있다.

집주인이 현관을 향해 팔을 내밀자 그들은 집 안으로 들어간다. 리샤르는 층계 위에서 강아지처럼 폴짝거린다. 거실, 부엌 그리고 베란다를 차례로 둘러보는 동안 그는 "아, 그렇군요." "아주 좋아요." 하며 추임새를 넣는다. 그는 난방과 전기 상태를 확인하고 싶은 눈치다. 집 관리 장부를 들여다보고는 말한다. "그러면 방수는요?" 리풀 씨가 정원 쪽으로 넓은 창이 난 거실과 낡은 부엌 사이에 있는 서재로 안내한다. 그러곤 마지못해 문을 연다. 관리가 안 된 방이다. 푸른 커튼 사이로 들어오는 빛줄기 위로 두툼한 먼지 덩어리가 날아오른다.

"아내는 책을 많이 읽었지요. 책은 제가 다 치울 겁니다. 원한다면 책상은 남겨두죠."

아델은 벽에 바짝 붙여놓은 병원용 침상을 뚫어지게 바라본다. 침상 위에 하얀 침대보가 정성껏 개어져 있다. 안락의자 밑으로 고양이 한 마리가 숨는다.

"마지막엔 침대에 올라갈 기운도 없었어요."

이제 나무 계단을 올라간다. 벽에는 온통 아름답게 웃고 있는 죽은 여자의 사진이 걸려 있다. 창밖으로 백 년 넘은 밤나무가 내다보이는 넓은 방에 들어서니 침대 머리 탁자 위에 브러시가 하나 놓여 있다. 리풀 씨가 몸을 숙이더니 거대한 손을 뻗어 장미꽃이 인쇄된 침대 커버를 어루만진다.

늙어가기 위한 집이야, 아델이 생각한다. 편안한 마음을 위한 집. 추억, 바람 따라 들렀다가 떠나는 친구들을 위한 집. 이 집은 방주, 무료 보건소, 피난처, 석관이야. 유령들의 쉼터. 소극장의 장식.

그들이 그렇게 늙었단 말인가? 과연 그들의 꿈이 여기서 멈출 수 있을까?

벌써 죽음을 생각할 시간이란 말인가?

밖에선 네 사람이 옹기종기 모여 외벽을 조사하는 중이다. 리샤르가 공원 쪽으로 몸을 돌려 한 손을 뻗는다.

"공원이 어디까지죠?"

"아주 멀어요. 저기 저 과수원 보이죠? 전부 이 집 거예요."

"뤼시앙은 이제 파이랑 과일 잼은 실컷 먹겠네." 클레망스가 키득거린다.

아델은 발을 내려다본다.

젖은 풀 위를 걸은 덕에 왁스 칠한 모카신이 물을 잔뜩 먹었다. 시골 생활에 적합한 신발은 아니다.

"자동차 열쇠 좀 줘."

아델이 리샤르에게 말한다.

아델은 차 안에 앉아 신발을 벗고는 두 손으로 발을 감싼다.

"자비에? 내 번호는 어떻게 알았어요?"

"사무실에 전화해봤어요. 휴가 중이라고 하길래 급한 일이라고 말하니까……."

물론 그의 전화가 반갑다고 대답하는 게 예의겠지만, 그에게 헛된 희망을 주어서는 안 된다고 아델은 생각한다. 지난 저녁에 있었던 일은 정말 유감이었다. 정말이지 그렇게 행동해서는 안 되는 거였다. 술을 너무 마신 데다, 조금쯤 슬펐다. 왜 그랬는지는 모르겠다. 익숙지 않은 일이었다. 맹세코 전에는 없던 일이다. 잊어버리자, 마치 없었던 일처럼 생각하자. 너무나 치욕스러웠다. 게다가, 아델은 리샤르를 사랑한다. 그에게 상처를 주어선 안 될 일이다. 더군다나 리샤르가 존경해 마지않고 그의 친구라는 사실을 무척 자랑스러워하는 자비에와는 절대 안 된다.

아델은 이 모든 말들을 삼킨다.

"혹시 방해하는 건가? 통화할 수 있어요?"

"지금 시댁이에요. 예, 통화는 가능해요."

"아델, 잘 지내요?"

그가 현저히 달라진 목소리로 묻는다.

그녀를 다시 만나고 싶다고 그가 말한다. 그날 저녁, 그녀로 인해 마음이 흔들린 나머지 한숨도 못 잤다고 한다. 그가 냉정해 보였다면, 그건 그녀를 향한 그의 행동에, 그리고 그를 원하는 그녀의 욕망에 너무 놀랐기 때문이다. 그래선 안 된다는 걸 깨닫고 난 뒤 그녀에게 전화하고 싶은 마음을 억누르려 애썼다. 더 이상 그녀 생각을 하지 않으려고 안 해본 게 없다. 하지만, 그는 그녀를 만나야 한다.

수화기 반대편에서, 아델은 아무 말이 없다. 그녀는 미소 짓는다. 쉬지 않고 말을 쏟아대던 자비에는 그녀의 침묵에 머쓱해졌는지 만나서 한잔하자고 한다.

"당신이 원하는 곳, 당신이 원하는 때에."

"만나지 않는 게 좋을 것 같아요. 리샤르에게 뭐라고 말할 수 있을 것 같아요, 내가?"

아델은 아차 싶다. 어쩌면 자비에는 그녀가 늘 이런 식으로 행동하는 여자라고 생각할지도 모른다.

하지만 반대로 자비에는 그 말을 그녀의 공손함으로, 길들여지지 않았으나 확고한 욕망으로 받아들인다.

"그렇군요. 파리에 돌아오면 볼까요? 전화 줘요."

그녀는 석류색 원피스를 골랐다. 배와 허벅지 부분 살이 비치는 짧은 민소매 레이스 원피스다. 아델은 침대 위에 천천히 원피스를 펼쳐본다. 가격표를 뜯어내니 실밥이 당겨진다. 조금 수고스럽더라도 가위로 했어야 했다.

뤼시앙에게는 할머니가 선물한 셔츠를 입히고 가죽 모카신을 신긴다. 다리 사이에 장난감 트럭을 놓고 바닥에 주저앉은 아들의 얼굴이 창백하다. 벌써 이틀째 아이는 잠을 제대로 자지 않는다. 동틀 무렵 일어나고 낮잠을 거부한다. 아이는 두 눈을 동그랗게 뜨고 크리스마스 밤에 대한 어른들의 약속을 경청한다. 처음엔 재미있어 하다가 곧

싫증이 난 아이는 가족들의 으름장에 순종한다. 그리고 이제는 더 이상 속지 않는다. 산타 할아버지가 다녀간다는 얘기도 이제는 끝이다.

계단 위에서 아들의 손을 붙들고, 아델은 로랑의 시선을 느낀다. 그녀가 내려오자 로랑은 원피스가 요염하다는 등 그녀로선 알아듣지도 못할 이런저런 말을 늘어놓기 시작한다. 저녁 시간 내내, 그는 추억에 집착하는 클레망스 때문이라는 변명을 하며 아델의 사진을 찍어댄다. 아델은 카메라 뒤에 감춘 한쪽 눈으로 자신을 뜯어보는 로랑을 짐짓 모른 체한다. 그는 아주 우연히 차갑고 순결한 아름다움을 포착했다고 착각한다. 사실 그의 카메라에 잡힌 건 철저히 계산된 포즈일 뿐이다.

크리스마스트리 곁에 오딜이 안락의자를 놓아둔다. 앙리는 샴페인 잔을 채운다. 클레망스는 종이를 작게 오려 제비뽑기 종이를 만들고, 태어나 처음으로 크리스마스를 맞은 뤼시앙이 선물 증정 순서를 뽑는다. 아델은 마음이 편치 않다. 식당으로 가 레고를 만들고 미니 유모차 놀이에 빠져 있는 아이들 틈에 눕고 싶다. 부디 자기 이름이 불리지 않기를 간절히 소망한다.

그러나 아델의 이름이 적힌 종이가 뽑힌다. "와우, 아델!" 모두 함성을 지른다. 안락의자를 둘러싼 가족들은 손을 비비며 흥분한 듯 들썩거린다.

"아델 선물이 어디 있더라? 빨간색 작은 선물 상자 말이에요, 여보. 못 봤어요?"

오딜은 늘 한걱정으로 종종거린다.

리샤르는 말이 없다.

그는 소파 팔걸이에 걸터앉아 효과가 증폭되는 순간을 노린다. 아델이 절대로 하고 다니지 않을 목도리와 벙어리장갑, 들춰보지도 않을 요리 책에 어정쩡 파묻힌 그 순간 리샤르가 다가가 작은 상자를 내민다. 클레망스는 남편에게 질책 가득한 시선을 던진다.

아델이 포장지를 뜯고 작은 오렌지색 상자 위로 에르메스 로고가 드러나자 오딜과 클레망스는 만족의 한숨을 내쉰다.

"미쳤어. 뭐 이런 걸."

아델은 작년에도 똑같은 말을 했다.

그녀가 리본을 풀어 상자 뚜껑을 연다. 내용물이 뭔지 단번에 이해하지 못한다. 장밋빛 보석으로 장식한 황금 바퀴, 벼 이삭 세 개가 돋을새김 되어 있다. 그녀는 감히 만지지도 못한 채, 리샤르의 시선과 마주칠까 봐 고개를 들지도 못한 채 보석을 바라보기만 한다.

"브로치야." 그가 설명해준다.

브로치.

아델은 갑자기 열이 오른다. 땀이 난다.

"정말 곱다." 오딜이 속삭이듯 말한다.

"마음에 들어, 자기? 옛날 모델인데, 자기한테 딱 어울릴 거라는 확신이 있었어. 보자마자 자기 생각을 했지. 너무 우아한 것 같아, 안 그래?"

"응, 그러네. 마음에 쏙 들어."

"그럼 한번 해봐! 상자에서 꺼내보기라도 해야지. 내가 도와줘?"

"감동스럽구나." 오딜이 손가락으로 턱을 짚으며 이야기한다.

브로치.

리샤르는 보석을 상자에서 꺼내 핀을 눌러 뺀다.

"일어서봐. 그게 낫겠어."

아델이 일어서자 리샤르가 섬세한 동작으로 브로치를 그녀의 원피스, 왼쪽 가슴 바로 위에 달아준다.

"확실히 이런 원피스에는 안 어울리는 것 같긴 한데, 그래도 예쁘지 않아?"

아니지, 확실히 아니지. 이런 원피스에는 절대 안 어울린다. 오딜의 투피스 정장과 스카프를 빌려야 한다. 머리를 길러 틀어 올리고 굽이 낮으면서도 각진 구두를 신어야 한다.

"정말 예쁘다, 우리 며느리. 역시 우리 아들은 감각이 남달라."

오딜이 기뻐한다.

아델은 로빈슨 가족을 따라 자정 미사에 가지 않는다. 열이 펄펄 끓는 그녀는 석류색 원피스를 그대로 입은 채 이불 속에서 몸을 잔뜩 웅크리고 잠들어 있다.

"병날 거라고 내가 말했지."

리샤르가 안타까워한다. 그녀의 등을 쓸어주고 이불을 더 덮어준다. 아델은 오한에 떨고 있다. 어깨가 떨리고 이가 맞부딪친다. 리샤르가 그녀 곁에 누워 두 팔로 꼭 끌어안아주고 머리칼을 쓰다듬는다. 아들 뤼시앙에게 하듯 살살 달래가며 아내에게 알약을 먹인다.

리샤르는 종종 아델에게 죽음을 앞둔 환자에 대한 이야

기를 들려주곤 했다. 암 환자들은 용서를 구한다고 한다. 마지막 숨을 거두기 직전 그들은, 자세히 설명할 시간도 없는 잘못에 대해 살아 있는 이들에게 용서를 구한다. "용서해줘, 용서해줘." 착란 상태에서 아델도 행여 모든 걸 털어놓을까 봐 두렵다. 그녀는 자신의 연약함을 경계한다. 자신을 보살피고 있는 이에게 마음을 털어놓게 될까 봐 두려워하고, 푹 젖은 베개에 얼굴을 파묻는 데 남은 힘을 쥐어짠다. 입을 열지 말라. 무엇보다, 입을 열지 말라.

입술에 담배를 문 시몬이 문을 연다. 랩원피스를 입었으나 끈을 잘못 여며 구릿빛 건조한 가슴이 들여다보인다. 다리는 가늘고 배가 불룩하다. 이에 붉은 립스틱이 묻었다. 아델은 그런 엄마를 보며 본인도 모르게 혀로 이를 닦아낸다. 엄마의 속눈썹에 덕지덕지 묻은 싸구려 마스카라를 유심히 살피고 주름이 쪼글쪼글한 눈꺼풀 위 푸른색 아이라인을 놓치지 않는다.

"오, 리샤르. 우리 사위. 반가워서 어쩐담. 크리스마스를 우리랑 같이 안 보내서 얼마나 실망했나 몰라. 사돈댁에서 보내는 크리스마스가 훨씬 좋다는 건 알지만. 우리 처지엔 그렇게 고급스럽게 못 차리지."

"그런 말씀 마세요. 늘 그렇듯 처갓집에 오면 정말 좋아요."

아파트에 들어서는 리샤르가 신이 나 있다.

"착하기도 하지. 좀 일어나 봐요, 카데르. 리샤르가 온 게 보이지도 않아?"

시몬이 가죽 소파 깊이 몸을 파묻은 남편을 향해 소리친다.

아델은 혼자 덩그러니 서 있다. 잠든 뤼시앙이 그녀의 품에 안겨 있다. 파란 친츠 천을 씌운 소파를 보니 소름이 돋는다. 거실은 전보다 더 추하고 협소해진 것 같다. 소파 앞에 놓인 검정 책꽂이엔 아델과 리샤르, 그리고 젊은 시절 엄마의 사진이 잡동사니들과 함께 잔뜩 쌓여 있다. 커다란 오목 접시에 모아둔 성냥갑들 위로 먼지가 내려앉았다. 중국풍 꽃병엔 조화가 꽂혀 있다.

"장모님, 담배!"

리샤르가 검지를 천천히 흔들며 장모를 나무란다.

시몬은 담배를 끄고는 벽에 몸을 붙여 아델에게 길을 터준다.

"뽀뽀는 안 해도 돼. 애를 깨우기라도 하면 안 되니까."

"그래, 엄마. 잘 지냈지?"

아델은 좁은 아파트를 가로질러 아이 방으로 들어간다. 두 눈을 바닥에서 떼지 않는다. 천천히 뤼시앙의 옷을 벗긴다. 눈을 떴으나 어쩐 일인지 아이는 저항하지 않는다. 아이를 침대에 눕힌다. 평소보다 책을 더 오래 읽어준다. 마지막 책을 펴 들었을 때, 아이는 곯아떨어진다. 아주 조그맣게 아델은 토끼와 여우의 이야기를 계속 읽는다. 아이가 몸을 뒤척이더니 침대 밖으로 엄마를 밀어낸다.

아델은 퀴퀴한 곰팡이 냄새가 나는 어두운 복도를 지난다. 부엌에 리샤르가 있다. 포마이카 식탁에 앉은 그가 말 안 해도 다 안다는 표정으로 아내를 향해 미소 짓는다.

"네 아들은 잠드는 데도 오래 걸리네. 너무 오냐오냐 하는 거 같아. 난 너 어릴 때 그렇게 간지러운 짓을 해준 적이 한 번도 없는데."

"애가 책을 좋아하니까 그렇지."

아델이 엄마의 손가락 사이에 끼워져 있던 담배를 낚아챈다.

"좀 더 일찍 왔으면 좋았을걸. 10시나 돼야 저녁 먹겠다. 리샤르가 같이 있어줘서 그나마 다행이지."

시몬이 웃으며 혓바닥을 한 번 들어 올려 노르스름한 잇몸에서 의치를 빼낸다.

"이런 사위를 얻은 건 진짜 행운이야. 기적이고 말고. 아델 성질머리가 보통이었어야지. 말 한마디 하는 법도, 도통 웃는 법도 없는 애였으니. 노처녀로 죽는 건 아닌가 생각할 정도였다니까. 심지어 내가 남자들한테 꼬리 좀 쳐보라고 부추길 때도 있었지. 근데 고집스러운 데다 워낙 비밀이 많아야 말이지. 한마디도 털어놓는 법이 없었어. 그래도 쟤한테 푹 빠진 애들도 있었던 걸 보면 꽤 인기가 있었지, 안 그러니, 아델? 저것 봐. 대꾸가 없잖아. 저렇게 잘난 체를 하네. 내가 그랬지. 아델, 네가 알아서 해야 한다. 공주처럼 살고 싶으면 왕자를 찾아야 한다고. 왜냐면 말이지, 우린 네 인생을 책임질 돈이 없으니까. 네 아빠는 병들었고, 나는 평생 죽도록 일만 하는데 나도 호강 한번 해봐야 되지 않겠어? 나같이 바보처럼 살지 말라고 내가 아델한테 늘 그랬어. 동정심으로 결혼했다가는 피눈물 흘리는 법이니까. 나도 젊었을 땐 꽤 예뻤지. 사진 보여줬지? 이게 노란색 르노야. 마을에선 처음 산 차지. 이건 눈치챘어? 가방하고 구두도 색을 맞춘 거야. 늘 그랬어! 나야말로 우리 마을에서 제일 멋쟁이 아가씨였다고. 사람들한테 물어봐도 상관없어. 아니지, 우리 딸이 리샤르 같은 남자를 만난 건 하늘이 도운 일이야. 정말 정말, 운이 좋았어."

아버지는 텔레비전을 본다. 딸 부부가 왔으나 자리에서 일어나지 않는다. 리도에서 열리는 송년 쇼에 푹 빠져 있다. 지방으로 부푼 눈두덩이 덕분에 시선이 무거워 보이지만, 초록빛 눈동자는 여전히 강렬한 빛과 모종의 교만을 간직하고 있다. 그 나이에도 갈색 머리숱이 풍성하다. 마치 왕관처럼 가장자리에만 빙 둘러 난 흰머리가 관자놀이를 비춘다. 이마, 넓은 이마가 늘 그렇듯 매끈하다.

아델이 다가와 아버지 옆에 앉는다. 소파에 간신히 엉덩이를 걸치고 그의 허벅지 위에 손바닥을 얹는다.

"텔레비전이 마음에 드세요? 리샤르가 골랐어요. 최신형이래요."

한없이 보드라운 목소리로 아델이 설명한다.

"아주 좋아. 황송해서 어쩐다니. 이런 데 돈을 쓰면 안 되는데."

"마실 것 좀 드릴까요? 우리 빼고 둘이서 부엌에서 식전주 시작했나 봐요."

카데르는 아델에게 손을 뻗어 천천히 무릎을 톡톡 두드린다. 구릿빛 길죽한 손가락 끝에 새하얀 손톱이 반들반들하다.

"그냥 둬. 우릴 찾지도 않잖아."

아델에게 몸을 숙여 그가 속삭인다. 공모자끼리 나누는 미소를 지으며 그가 탁자 밑에서 위스키 병을 꺼내어 두 잔 따른다.

"네 엄마는 사위가 오기 무섭게 가식 떠는 걸 좋아하지. 네 엄마에 대해선 너도 잘 알지 않니. 옆집 사람들 기죽인답시고 저녁마다 만찬을 차려가며 평생을 보낸 사람이야. 저 사람이 내 인생을 골탕 먹이지만 않았어도, 내 뒤에서 딴짓거리만 안 했어도 내가 제대로 살 수 있었을 거다. 나도 너처럼 했겠지. 파리로 가서. 나도 언론계 일이 적성에 맞았을 거야."

"무슨 말 하는지 다 들려, 카데르." 시몬이 이죽거린다.

카데르는 이내 텔레비전 화면을 향해 얼굴을 돌리고 딸의 가냘픈 무릎을 쥔 손가락에 힘을 꽉 준다.

시몬네 집엔 식탁이라 부를 만한 것이 없다. 아델이 그녀를 도와 청동 상판과 나무 다리로 된 작은 탁자 두 개를 붙여 상을 차린다. 그들은 거실에서 식사한다. 카데르와 아델은 소파에 걸터앉고, 리샤르와 시몬은 작은 푸른색 벨벳 쿠션 의자에 앉는다. 리샤르는 어정쩡한 자세가 주는 불편함을 숨기지 못한다. 190센티미터에 달하는 그의 키가 장애가 된다. 두 무릎이 턱에 닿을 듯한 이상한 자세로 밥을 먹는다.

"뤼시앙 좀 보고 올게." 아델이 말한다.

아이 방에 들어선다. 뤼시앙은 머리를 반쯤 침대 밖으로 걸치고 잠들어 있다. 아델은 아이의 몸을 벽 쪽으로 살짝 밀고 그 옆에 눕는다. 리도 음악이 들려오고 엄마 목소리를 더 듣지 않으려 두 눈을 감는다. 두 주먹을 꼭 쥔다. 이제 카바레에서 들려오는 음악 외엔 아무것도 감지하지 못한다. 눈꺼풀 속에 별과 인조 보석들이 들어찬다. 아델은 천천히 팔을 흔들어 무용수들의 벗은 어깨 위에 매달린다. 그녀도 춤을 춘다. 서커스단 짐승들의 기이한 차림새로 초췌히, 아름답게, 그리고 우스꽝스럽게. 그녀는 더 이상 두려워하지 않는다. 그녀는 다만 관광객들과 퇴직자들의 행복을 위해 선사된 몸뚱이에 지나지 않는다.

휴가가 끝났다. 그녀는 파리를, 외로움을, 자비에를 되찾을 것이다. 마침내, 끼니를 거르고 아무 말도 하지 않고, 뤼시앙을 그가 원하는 사람에게 맡길 수 있게 될 것이다. 십, 구, 팔, 칠, 육, 오, 사, 삼, 이, 일. 본 아네[5], 아델!

---

[5] Bonne année. 행복한 새해를 맞이하라는 뜻의 프랑스어.

아무것도 계획대로 되지 않았다. 우선, 그들은 자동차를 마련하는 데 실패했다. 아델은 열다섯, 루이는 열일곱 살이었지만, 유급에 유급을 반복하다 결국 학교를 떠나 수업 시간이면 정문 앞을 어슬렁거리는 친구 녀석이 제 아버지 차를 빌려 두 사람을 해변까지 태워다줄 거라고 장담했었다. 일요일 아침, 그 친구는 감감무소식이었다.

　"할 수 없지. 버스를 타고 가자."

　아델은 아무 말도 하지 않았다. 엄마가 절대 대중교통을 이용하지 말라고 했던 것, 특히 마을 밖으로 나갈 때, 더구나 남학생들과 함께일 때는 더욱 조심하라고 했던 것에 대해서는 그에게 말하지 않았다. 그들은 20분 넘게 버스를 기다렸다. 아델은 너무 꼭 끼는 청바지, 검정 티셔츠를 입고 엄마의 브래지어를 했다. 간밤엔 좁은 욕실에 앉아 다리털도 밀었다. 구멍가게에서 산 남성용 일회용 면도기를 쥔 손길은 서툴렀다. 다리 여기저기에 생채기가 생겼다. 생채기가 다른 사람의 눈에 안 띄기만을 바랐다.

버스 안에서 루이는 그녀의 옆자리에 앉았다. 그가 아델의 어깨 위로 팔을 둘렀다. 친구들보다는 아델과 말하고 싶어 하는 것 같았다. 자기 여자, 자기 것이라도 되는 것처럼 군다고 생각했다. 아델은 그게 좋았다.

30분을 달려 종점에서 내렸으나 루이의 친구네 집까지는 아직 더 걸어가야 했다. 친구가 열쇠를 넘겨준 바닷가의 멋진 집이라고 했다. 그런데 그 열쇠가 구멍에 들어가지 않았다. 문이 안 열렸다. 루이가 위아래, 앞뒤로 안간힘을 다해 밀어보고 흔들어도 보았으나 문은 절대로 열리지 않았다. 그들은 우여곡절 끝에 여기까지 와 있다, 아델은 부모님께 거짓말을 했다, 아델이 여기, 술과 마리화나에 취한 남학생 네 명과 함께 혼자였다, 그런데 열쇠는 문을 열지 못했다.

"차고 쪽으로 들어가자."

이 집을 잘 아는 프레데리크가 제안했다. 거기를 통해서라면 분명히 집 안에 들어갈 수 있을 거라고 그는 장담했다.

"차가 없어." 그가 덧붙였다.

살짝 밀기만 하면 되는 문이건만, 지상에서 2미터나 높은 데 있는 작은 창을 통해 프레데리크가 먼저 들어갔다. 루이가 아델에게 무등을 태워준 덕에 아델은 축축한 차고 안에 두 발을 내려놓을 수 있었다. 기껏 바닷가까지 와서는 빛 한 점 없는 차고에 갇혀, 콘크리트 바닥에 곰팡이 슨 수건을 깔고 앉아 있다. 하지만 술, 마리화나, 기타가 있었다. 그들의 아직 덜 자란 위장, 연약한 가슴은 그런 것만 있어도 바다를 대신할 수 있었다.

아델은 용기를 내기 위해 술을 마셨다. 기다리던 순간이 왔다. 중간에 멈추지 않을 것이다. 그동안은 기회도, 외딴 장소도, 해변의 집도 없어서 이루지 못했던 일이므로 이번 만큼은 루이도 물러설 수 없다. 그 결심을 아델이 부풀린 것도 있었다. 이런 것쯤은 이미 잘 알고 있으니 겁나지 않는다고 아델이 말했다. 다른 애들, 남자애들이 어떻게 하는지 다 봤다고. 차가운 바닥에 앉아, 약간 술기운이 오른 아델은 반문했다. 혹시 루이가 눈치채게 될까. 뻔한 거짓

말인 게 드러날까. 아니면 이렇게 속이면 되는 걸까.

날이 흐렸다. 먹구름이 드리운 것 같았다. 유년의 욕망에 목구멍이 조여왔다. 순결을 향한 마지막 도약이 밀려와 하마터면 루이를 뿌리칠 뻔했다. 오후는 생각보다 빨리 지나갔고, 남학생들은 구실을 대며 차고에서 나갔다. 차고 밖에서 문을 생쥐처럼 긁어대는 남학생들의 소리를 아델은 들었다. 루이가 아델의 옷을 벗기고 바닥에 눕혔다가 다시 자기 몸 위에 걸터앉혔다.

그녀가 생각했던 게 아니었다. 이 서투름, 이 고단한 노역과도 같은 행위, 그로테스크한 동작. 그의 성기를 그녀의 몸 안에 집어넣기 위한 사투. 루이는 딱히 행복해 보이지 않았다. 그저 화가 난 듯했고, 기계적으로 움직일 뿐이었다. 어딘가로 가고 싶어 하는 것처럼 보였으나 거기가 어딘지 아델은 알 수 없었다. 그가 아델의 엉덩이를 움켜쥔 채 앞뒤로 움직이기 시작했다. 그는 아델이 너무 뻣뻣하고 굼뜨다고 했다.

"마리화나를 너무 피웠나 봐." 아델이 말했다.

그가 아델을 옆으로 눕히자 상황은 더 안 좋아졌다. 그녀를 새우처럼 모로 눕힌 루이는 허겁지겁 두 손으로 자기 성기를 잡아 그녀의 몸속에 집어넣으려 했다. 몸을 움직여야 하는 건지 아니면 그냥 그에게 맡겨야 하는 건지, 입을 꾹 다물고 있어야 하는 건지, 아니면 약한 비명이라도 질러야 하는 건지 알 수 없었다.

그들은 마을로 돌아왔다. 버스 안에서 루이는 아델 옆자리에 앉았다. 그녀의 어깨 위에 팔을 둘렀다.

"그러니까, 이제 내가 자기 여자라는 건가?"

아델이 자문했다.

아델은 더러움과 자랑스러움, 수치심과 성취감을 동시에 느끼며 살금살금 집으로 들어갔다. 아델은 텔레비전에 빠진 시몬을 지나 서둘러 욕실로 직행했다.

"이 시간에 목욕이라니? 지가 무슨 아라비아 공주라도 된 줄 아나?" 엄마가 꽥 소리를 질렀다.

아델은 물이 절절 끓는 욕조에 몸을 눕혔고, 뭔가를 꺼낼 수 있기를 소망하며 질 속에 손가락을 쑤셔 넣었다. 증거 같은 거라도, 흔적 같은 거라도. 질은 텅 비어 있었다. 침대가 없었다는 게 아쉬웠다. 비좁은 차고가 조금이라도 더 밝았더라면. 그때 피를 흘렸는지 아닌지조차 그녀는 알지 못했다.

6유로 90상팀. 매일같이 아델은 6유로 90상팀씩 동전을 모아 임신 테스트기를 산다. 이제 그 일은 집착이 되었다. 매일 아침 눈을 뜨기 무섭게 아델은 욕실로 가서 파우치 속에 깊이 숨겨둔 분홍색과 흰색이 섞인 상자를 꺼낸다. 그리고 얇은 종이 막대에 대고 소변을 본다. 5분을 기다린다. 5분의 진정한, 그러나 이성을 완전히 상실한 고뇌. 결과는 음성이다. 몇 시간 동안 아델은 안도하지만, 여전히 생리혈이 안 나오는 걸 확인하고는 다시 약국으로 가 테스트기를 또 산다. 아델이 가장 두려워하는 건 바로 이런 것일지도 모른다. 다른 남자의 아이를 갖는 것. 리샤르에게 뭐라고 설명해야 할지 모르는 상황, 아니면 더 심한 경우, 남편과 의도적인 섹스를 하고 나서 배 속의 아이가 남편의 아이인 척해야 하는 것. 그러다가 생리가 터진다. 계란이 깨지는 소리와 함께. 묵직하고 단단해지는 배에서부터 점점 올라오는 오르가슴을 아델은 좋아한다. 저녁 내내 침대에 누워 두 무릎을 가슴에 붙인 자세로 아델은 그 느낌을 놓치지 않는다.

한때 아델은 매주 에이즈 검사를 받기도 했다. 검사 결과가 다가올수록 그녀는 번뇌로 온몸이 굳을 지경이었다. 눈을 뜨자마자 마리화나를 피웠고, 굶어 죽기 직전까지 아무것도 먹지 않았으며 헝클어진 머리로 잠옷 위에 외투만 하나 걸친 채로 살페트리에르 병원 오솔길을 어슬렁거렸다. '음성'이라는 단 하나의 단어가 적힌 종이쪽지를 찾아서.

아델은 죽는 게 두렵다. 목구멍까지 차올라 이성적인 생각을 가로막는 강렬한 두려움. 배, 가슴, 목덜미를 더듬다보니 멍울이 잡힌다. 그러자 끔찍하고도 고통스러운 급성암 선고를 받을 거라는 확신에 사로잡힌다. 담배를 끊기로 결심한다. 한 시간, 오후, 한나절 동안 그녀는 버틴다. 가지고 있던 담배를 전부 버리고 껌을 몇 통 산다. 몽소 공원의 원형 정자를 몇 시간이고 뱅글뱅글 달린다. 그리고 생각한다. 이런 욕구를, 이처럼 명백하고 기본적인 욕구를 억누르며 살아야 할 이유가 과연 뭔가 하고. 완전히 미치거나 바보가 되지 않고서야 스스로에게 이런 결핍을 부여하거나, 그것이 가급적, 가능한 한 오래 지속되기를 바라며 고통받는 자기 모습을 도저히 바라볼 수 없다. 아델은 서랍을 죄다 열었다가 외투 주머니를 까뒤집는다. 핸드백을 거꾸로 들어 흔들고 요행히 잊고 지냈을 담뱃갑 하나 나오지 않자 작은 베란다에 가서 담배 꽁초를 줍는다. 검정 필터 끝을 잘라내고 게걸스럽게 꽁초를 빤다.

강박이 그녀를 잡아먹는다. 그녀가 할 수 있는 일은 아무것도 없다. 거짓말을 구하는 그녀에게 삶은 그녀의 온 정신을 빼앗는 소모성 조직체일 뿐이다. 삶이 아델을 갉아먹는다. 거짓 출장을 만들어내고, 구실을 지어내고 호텔을 예약해야 한다. 괜찮은 호텔을 찾아내야 한다. 열 번씩이나 전화해 관리자의 확답을 받아내야 한다. "그럼요, 욕조가 있습니다. 아니요, 아주 조용한 방입니다. 그 점은 걱정하지 않으셔도 됩니다." 거짓말을 해야 한다, 그러나 설명을 늘어놓지 말아야 한다. 지나친 설명은 의심을 키우는 법이니.

만남을 위한 옷에 대해, 무슨 옷을 입을까에 대해 끊임없이 고민해야 한다. 식사 중에도 옷장을 열어보는 통에 뭐 하는 거냐고 묻는 리샤르에게는 이렇게 대답해야 한다.

"지금 뭐 하는 거야?"

"아, 미안. 원피스. 어디다 뒀는지 기억이 안 나서."

철저히 계산해야 한다, 스무 번 정도. 현금을 찾고, 어떤 흔적도 남겨선 안 된다. 속옷이나 택시 영수증, 호텔 바에서 마신 비싼 칵테일 영수증 따위로 들키지 않도록 바짝 신경 써야 한다.

아름답게, 언제나 준비가 되어 있어야 한다. 무엇보다, 감쪽같이 속여야 한다. 그것이 최우선이다.

섹스가 너무 길어져 소아과 진료 예약을 펑크내야 한다. 같은 소아과에 다시 가야 하는데 너무 부끄럽다. 나름 유능한 의사였는데. 새로운 의사를 찾기에는 너무 게으르다. 의사 아빠를 두었으므로 뤼시앙에겐 소아과 의사가 따로 필요하지 않을 거라고 생각해야 한다.

아델은 폴더폰을 한 대 구입했다. 핸드백에서 꺼내는 법이 절대 없으므로 리샤르는 그 존재를 모른다. 서브 노트북도 한 대 장만해서 침대 밑 그녀가 눕는 창문 쪽에 감춰둔다. 어떤 흔적도, 어떤 영수증도, 어떤 증거도 간직하지 않는다. 유부남, 감정적인 사람, 노총각, 젊은 로맨티스트, 인터넷상의 만남, 친구의 친구는 만나지 않는다.

오후 4시, 리샤르에게서 전화가 온다. 당직을 하게 되었다며 미안해한다. 벌써 이틀 연속이니 아델에게 미리 알려주어야 한다고 생각한 것 같다. 하지만 사정이 생긴 동료의 부탁을 거절할 수도 없었다.

　"자비에 기억하지?"

　"아, 그럼. 저녁 같이 먹은 사람. 길게는 통화 못 해. 학교 앞에서 뤼시앙 기다리는 중이거든. 그럼 영화나 보러 가지 뭐. 어차피 마리아한테 뤼시앙 좀 봐달라고 벌써 말해뒀으니까."

　"그래, 잘됐네. 영화 잘 보고 나한테 얘기해줘."

다행히도 그는 단 한 번도 영화 내용을 물은 적이 없다.

오늘 저녁 아델은 자비에를 만난다. 파리로 돌아오던 그
날, 아델은 욕실에 틀어박혀 그에게 메시지를 보냈다. '나
돌아왔어요.' 두 사람은 바로 그날 저녁 약속을 잡았다. 아
델은 매우 절제되어 보이는 하얀 원피스와 검정 물방울 무
늬 스타킹을 샀다. 플랫슈즈를 신을 것이다. 자비에는 키
가 작다.

학교 앞에서 아델은 저들끼리 웃음을 주고받는 엄마들
을 바라본다. 엄마들은 아이들의 어깨를 손으로 짚으며 빵
집에 들렀다가 회전목마를 태워주겠다고 약속한다. 뤼시
앙이 외투를 바닥에 질질 끌며 교문 밖으로 나온다.

"옷을 입어야지, 뤼시앙. 날씨가 춥단 말이야. 이리 와,
엄마가 잠가줄게."

뤼시앙이 웅크리고 앉은 엄마를 밀어내는 바람에 아델
은 균형을 잃는다.

"옷 안 입어!"

아델은 아이의 스웨터 속으로 한 손을 집어넣어 등짝을
세게 꼬집는다. 보드라운 피부가 그녀의 손가락 아래서 접
히는 게 느껴진다.

"뤼시앙, 잔소리 말고 외투 입어!"

집으로 향하는 오르막에서 자신의 손바닥 안에 감싸인 아이의 조그만 손을 느끼며 아델은 죄책감을 느낀다. 배 속이 뒤틀리는 느낌이다. 아델은 자동차 앞에 일일이 멈춰서서 형태며 색상에 대한 코멘트를 하는 아들의 팔을 잡아끈다. 그녀가 거듭 말한다.

"어서 가자."

아델은 앞으로 나가지 않겠다고 버티는 아이의 몸을 질질 끌고 간다. 행인들이 전부 아델을 바라본다.

그녀는 천천히 하는 법을 배우고 싶다. 인내심을 가지고 아들과 보내는 한순간 한순간을 만끽할 수만 있다면 얼마나 좋을까. 하지만 오늘 그녀가 원하는 것은 단 한 가지, 아들을 가급적 빨리 보내버리는 것이다. 오래 걸리지는 않을 것이다. 두 시간 후면 그녀는 다시 자유로워질 것이다. 목욕을 하고 저녁을 먹고, 엄마한테 떼쓰기 시작하는 아이에게 아델은 급기야 악을 쓸 것이다. 마리아가 도착하자 뤼시앙이 울음을 터뜨린다.

아델이 아파트를 나선다. 영화관 앞에 잠시 멈춘 후 표를 한 장 사서 외투 주머니에 넣는다. 그러곤 택시를 부른다.

카르디날르모앙 거리의 건물, 어둠 속에 아델이 앉아 있다. 그녀는 2층과 3층 사이 계단에 자리 잡았다. 아무와도 마주치지 않았다. 그녀는 기다린다.

그는 늦지 않을 것이다.

아델은 두렵다. 누군가 다른 사람이 들어올까 봐, 그녀가 모르는 누군가가 들어와 해코지를 할까 봐. 아델은 손목시계를 들여다보지 않고 견디기로 한다. 주머니에 든 핸드폰도 꺼내지 않는다. 어쨌거나 마음처럼 빨리 지나가는 일은 세상에 없다. 가방을 머리에 이고, 무릎까지 오는 살색 치마를 들어올리며 뒤로 몸을 눕힌다. 계절에 비해 터무니없이 얇은 치마다. 하지만 제자리에서 빙그르르 돌면 여자 아이들 원피스처럼 위로 살짝 올라간다. 아델은 손톱 끝으로 허벅지를 어루만져본다. 서서히, 팬티 한쪽을 들어 올려 손을 집어넣는다. 쑤욱. 입술이 점점 두텁게 부풀어 오르고, 손가락 끝 연한 피부 아래로 피가 도는 게 느껴진 다. 아델은 성기를 손 안에 쥐었다가 아주 격렬하게 힘을 주어 비튼다. 항문에서 클리토리스까지 할퀴어본다. 그러 곤 벽 쪽으로 얼굴을 돌리고 다리를 구부려 손가락을 축축 이 적신다. 언젠가 어떤 남자가 그녀의 성기에 대고 침을 뱉은 적이 있었다. 아델은 그게 좋았다.

검지와 중지. 그 두 개면 충분하다. 경쾌한 춤처럼 뜨거 운 동작. 일정하고 완벽히 자연스러우며 끝없는 타락과도 같은 애무. 잘 안 된다. 잠시 멈추었다가 다시 해본다. 코끝 을 간질이는 파리를 쫓아내려는 말처럼 아델이 고개를 흔 든다. 이런 걸 잘 해내려면 짐승이 되어야 한다. 소리를 지 른다면, 신음을 내지르기 시작한다면 오르가슴, 해방, 고 통, 분노를 더 잘 느끼게 될지도 모른다. "하아!" 들릴락 말 락 소리를 내본다. 입으로 내는 소리가 아니다. 배 속에서 부터 신음을 토해야 한다. 체면 따윈 필요 없어. 아델이 이 렇게 생각하는 바로 그 순간 건물 현관이 열린다. 누군가

엘리베이터 버튼을 누른다. 아델은 꼼짝하지 않는다. 계단으로 오지 않다니, 유감이다.

엘리베이터에서 내린 자비에가 주머니에서 열쇠 꾸러미를 꺼낸다. 그가 문을 여는 순간, 신발을 벗은 아델이 두 팔을 그의 허리에 감는다. 화들짝 놀란 그가 소리를 지른다.

"당신? 놀랐잖아요. 시작치고는 좀 이상하지 않아요, 아닌가?"

그녀는 어깨를 으쓱 하고는 스튜디오 안으로 스며든다.

자비에는 말이 많다. 아델은 벌써 15분째 그의 손에 들려 있는 와인 병을 어서 따기만을 바랄 뿐이다. 그녀가 몸을 일으켜 그에게 코르크 오프너를 내민다.

지금이 바로 그녀가 가장 좋아하는 순간이다. 첫 섹스, 나체, 은밀한 애무보다 먼저 오는 것. 모든 게 가능하고 그녀 자신이 마법의 주인으로 군림하는 망설임의 순간. 그녀는 허겁지겁 와인을 한 모금 들이켠다. 와인 방울이 입술 위로, 턱을 타고 미끄러져 흐르다가 미처 붙잡을 새도 없이 하얀 원피스 깃에서 번진다. 이것이 그녀가 써 내려가는 이야기의 디테일이다. 자비에는 열에 들떠 있으나, 수줍어한다. 그는 서두르지 않는다. 아델은 자신과 멀찍이 떨어져, 편치 않은 의자에 앉아 있는 그가 고맙다. 아델은 소파 위에 두 다리를 접고 앉아 있다. 아델은 자비에의 탁하고 *끈끈한*, 속을 알 수 없는 눈동자를 응시한다.

그가 입술을 내밀자 찌릿한 파동이 아델의 배 속을 가로지른다. 충격은 막 껍질을 벗겨낸 과일처럼 탐스럽고 즙이 많은 그의 성기를 흥분시킨다. 남자의 입에서 와인과 여송연 맛이 난다. 숲의 향, 러시아 어느 농가의 맛. 그를 갖고 싶어진다. 기적처럼 욕망이 몸을 일으킨다. 그를, 그의 아내를, 이 이야기를, 이 모든 거짓말들을, 그녀에게 날아들 메시지들, 비밀과 눈물을, 그리고 피하지 못할 이별까지 전부 손에 넣고 싶다. 그가 아델의 원피스를 벗긴다. 외과 의사의 길고 앙상한 손이 그녀의 살갗 위를 닿을 듯 말 듯 스친다. 확신에 찬, 민첩한, 달콤한 동작이다. 그는 무심한 듯하나 돌연 분노하며 통제불능의 상태가 된다. 연극 대본을 쓰면 딱 좋겠어, 아델은 만족스럽다. 그가 절정을 향해 다가서는 바로 그 순간, 아델은 머리가 핑 돈다. 그의 거친 숨결에 다른 무엇도 생각할 수 없다. 그의 움직임 속에서 아델은 흐느적흐느적 녹초가 된다.

그가 아델을 택시 정류장까지 바래다주며 아델의 목에 으스러지듯 입을 맞춘다. 아델은 몸을 던지듯 택시를 탄다. 살갗은 여전히 사랑을 머금었고 머리는 헝클어졌다. 냄새, 애무, 침을 잔뜩 먹어서인지 그녀의 안색이 한결 새롭다. 모공 하나하나에 생기가 드러난다. 그녀의 시선은 여전히 젖어 있다. 그녀는 마치 한 마리의 고양이, 무심하면서 악의를 품은 고양이 같다. 성기에 힘을 주어 움츠리자 모종의 전율이 온몸을 타고 흐른다. 마치 유희가 아직 완전히 소모되지 않은 것처럼. 너무 생생한 나머지 언제든 다시 소환해 만끽할 수 있는 기억이 그녀의 육체 속에 도

사린 것처럼.

파리는 오렌지 빛이며 황량하다. 살을 벼리는 바람이 다리 위로 횡횡 불고 도시에서 행인들을 몰아내 보도블록만 남겨두었다. 두툼한 안개의 장막에 싸인 도시는 아델이 꿈꾸기에 아주 적합한 땅이 되어준다. 이 풍경 속에서 아델은 불청객이 된 것 같다. 아델은 열쇠 구멍을 들여다보듯 유리창 너머를 바라본다. 도시는 끝이 없어 보이고, 그녀는 익명이 된 것 같다. 누구하고가 됐든 다시 인연을 시작하지는 않을 것이다. 누가 기다리든 간에. 누군가 그녀에게 의지한다 해도.

집으로 돌아온 아델이 마리아에게 돈을 지불한다. 마리아는 매번 의무라도 되는 듯 이렇게 말한다.

"오늘 저녁에 엄마를 많이 찾더라고요. 재우느라 한참 걸렸어요."

아델은 옷을 벗고 더러운 옷에 코를 대고 킁킁거렸다가 돌돌 말아 옷장 속에 감춘다. 내일, 다시 집어 들어 자비에의 냄새를 맡을 것이다.

전화벨이 울렸을 때 아델은 잠들어 있었다.

"로빈슨 부인? 리샤르 로빈슨 박사의 부인 맞으십니까? 이렇게 늦은 시간에 전화 드려서 죄송하지만, 저기, 놀라지 마십시오. 남편께서 한 시간쯤 전 앙리 4세 대로에서 스쿠터 사고를 당했습니다. 의식이 있고 생명도 위태로운 상태는 아니지만, 다리에 큰 충격을 받았습니다. 살페트리에르 병원으로 이송되셨고, 지금 검사 중입니다. 현재로서는 더 이상 말씀드릴 수 있는 게 없습니다. 물론 원하시는 대로 바로 병원에 오셔서 남편분을 만나보실 수 있습니다. 사모님의 위로가 꼭 필요할 것 같습니다."

아델은 잠에 취했다. 무슨 말인지 이해가 되지 않는다. 그녀는 사태를 가늠하지 못한다. 조금 더 자고 나서 핸드폰 소리를 못 들었다고 할 수도 있었다. 하지만 이미 늦었다. 밤은 이미 망쳤다. 아델은 뤼시앙의 방으로 들어간다.

"우리 아기, 우리 아들. 차 타러 가자."

아델은 아이를 이불로 돌돌 말아 품에 안는다. 택시를 타도 아이는 깨어나지 않는다. 거리에서 아델은 로렌에게 전화를 건다. 열 번을 걸어도 매번 그녀의 친절한 목소리가 담긴 메시지로 연결된다. 짜증에 못 이겨 점점 광적으로 변한 그녀가 자꾸만 전화를 건다.

로렌의 집 앞에 도착해 택시 기사에게 좀 더 기다려달라고 말한다.

"애를 내려놓고 다시 올 거예요."

택시 기사는 강한 중국어 악센트로 보증금이라도 맡기고 다녀오라고 고집 부린다.

"이거나 먹고 떨어져요!"

아델이 20유로짜리 지폐를 기사에게 던진다.

아델은 건물 안으로 들어선다. 잠든 뤼시앙을 한쪽 어깨에 걸쳐 메고 초인종을 누른다.

"왜 전화를 안 받아? 뭐 삐친 거라도 있어?"

"아니, 전혀."

탁한 음성으로 얼굴을 잔뜩 찡그린 로렌이 대꾸한다. 그녀에겐 터무니없이 작아 엉덩이 위까지 간신히 내려오는 나이트 가운 차림이다.

"자고 있었어. 무슨 일이야?"

"나한테 화난 줄 알았지. 지난밤 일로. 내가 싫어지고 지겨워져서 거리를 두기로 한 거라고……."

"무슨 말이야, 그게? 아델, 무슨 일 있어?"

"리샤르가 스쿠터 사고를 당했대."

"오, 세상에!"

"별로 심각하진 않은 것 같아. 다리를 수술해야 하지만 괜찮은가 봐. 병원에 가봐야 되는데, 뤼시앙을 데리고 갈 수는 없어. 자기 말곤 맡길 사람이 없고."

"그럼, 그럼. 이리 줘."

로렌이 팔을 내밀자 아델은 조심조심 잠든 아이를 건넨다. 로렌은 아이를 감싼 이불 보퉁이를 끌어안는다.

"어떻게 됐는지 알려줘. 너무 걱정하지 말고."

"아까 말했다시피 크게 심각하진 않은 것 같아."

"아들 걱정은 말고." 로렌이 문을 닫으며 속삭인다.

아델은 콜택시를 부른다. 10분을 기다려야 한다는 소식이다. 불 꺼진 아파트 현관, 거대한 유리문 뒤에서 기다리기로 한다. 몸을 피할 수 있는 곳. 이 시간에 거리에 서서 기다리는 건 너무 무서운 일이다. 누군가로부터 공격을 받거나 강간을 당할지도 모른다. 택시 한 대가 다가오더니 건물을 지나쳐 200미터는 더 떨어진 곳에 선다.

"멍청이 같으니!"

현관문을 열고 택시를 향해 달려 나간다.

아델은 6층 대기실에 앉아 있다.

"치료가 끝나는 대로 인턴이 올 겁니다."

아델은 수줍은 미소를 띠운다. 잡지를 훑어보고 장딴지에 쥐가 날 때까지 다리를 꼬고 앉아 있다. 벌써 한 시간째 그녀는 바퀴를 굴리며 지나가는 들것을 바라보거나 간호사들과 농담 따먹기 하는 젊은 인턴의 이야기를 듣기도 한다. 오딜에게 전화를 걸어 상황을 알리니 내일 아침 첫차를 타고 아들을 만나러 오겠다고 한다.

"둘 다 힘들겠구나, 아가. 일단 올라가서 뤼시앙을 데리고 올게. 그 편이 리샤르를 간호하는 데 훨씬 수월할 테니.”

아델은 마음이 아프지도 고통스럽지도 않다. 이 사고엔 본인의 책임이 없지 않음에도. 만일 자비에가 리샤르와 당직을 바꾸지 않았다면, 만일 아델이 자비에에게 그처럼 황당한 생각을 불어넣지 않았더라면, 만일 두 사람이 그토록 끔찍하게 서로를 보고 싶어 하지 않았더라면, 남편은 아무 일 없이 집으로 돌아왔을 것이다. 이 시간 아델은 이 사고가 가져올 모든 복잡한 상황들을 마주할 필요도 없이 남편 곁에서 편안히 잠을 자고 있었을 것이다.

반면, 어쩌면 이 사고는 오히려 잘된 일일 수도 있다. 어떤 징조, 모종의 해방. 적어도 며칠 동안이나마 집은 그녀의 차지다. 뤼시앙은 시댁에 맡길 것이다. 누가 드나드는지 감시할 사람은 아무도 없다. 급기야 아델은 지금보다 훨씬 더 좋을지도 모를 상황에까지 생각이 미친다.

리샤르는 죽을 수도 있었다.

그녀는 과부가 될 수도 있었다.

세상은 과부에게 너그럽다. 모름지기 슬픔만 한 변명은 없는 법이다. 남아 있는 나날들 내내 각종 실수와 정복을 일삼아도 사람들은 이렇게 말할 것이다. ‘남편이 죽고 나서 너무 힘들어 해. 좀체 마음을 다스리질 못하고 있어.’ 아니, 이런 시나리오는 어울리지 않는다. 대기실에서 간호사가 건넨 질문지를 작성하며 아델은 자신에게 리샤르는 없어서는 안 될 존재라는 사실을 인지할 것을 강요받는다. 그가 없이는 살 수 없을 것이다. 빈털터리가 되어, 끔찍하고 구체적인 생활 전선에 뛰어들어야 할 것이다. 하나에서 열까지 다시 배워야 할 뿐 아니라, 사랑에 바치고도 모자랄 시간을 쓸데없는 서류 더미를 처리하는 데 몽땅 빼앗길 것이다.

안 돼, 리샤르는 절대로 죽어선 안 된다. 적어도 그녀보다 먼저 죽어선 안 된다.

"로빈슨 부인? 코박 박사입니다."

아델은 주춤주춤 일어난다. 다리가 저려 똑바로 서 있을 수가 없다.

"제가 전화드렸습니다. 엑스레이를 방금 받았는데, 부상이 꽤 심각합니다. 다행히 오른쪽 다리엔 가벼운 상처만 입었어요. 왼쪽 다리는 경골과 인대 파열, 다수의 골절이 발견됩니다."

"그렇군요. 그럼 어떻게 해야 되나요?"

"곧 입원 수속을 밟으셔야 합니다. 그런 다음 깁스를 하고 재활교육을 한동안 받으셔야 할 겁니다."

"병원에는 얼마나 있게 되나요?"

"일주일에서 열흘 정도요. 걱정하지 마십시오. 남편분께
선 곧 집으로 돌아가실 수 있습니다. 입원 절차를 밟도록
하지요. 환자가 병실로 옮겨지면 사모님께 알려드리라고
간호사에게 말해두겠습니다."

"여기서 기다릴게요."

한 시간이 흐르고 아델은 자리를 바꾼다. 세상의 불행을
향해 열리는 문 같은 엘리베이터 앞에 앉아 있고 싶지 않
다. 복도 끝 간호사들의 휴게실 옆에서 빈 의자를 찾아낸
다. 서류를 정리하고 약을 준비하고 이 방에서 저 방으로
분주히 오가는 간호사들을 바라본다. 리놀륨 바닥 위로 간
호사들의 슬리퍼가 미끄러지는 소리를 듣는다. 그들의 대
화를 엿듣는다. 한 간병인이 수레를 너무 세게 밀고 가다
가 유리컵을 깨뜨린다. 6095호 환자가 약을 안 먹겠다고
고집이야. 아델은 환자의 얼굴을 보지 못하지만 할머니일
거라고, 그 환자에게 말을 거는 간호사는 이미 그의 변덕
에 익숙할 거라고 짐작한다. 이윽고 아무 목소리도 들리지
않는다. 복도는 밤에 잠긴다. 질병이 잠에게 자리를 내준다.

세 시간 전, 자비에의 손이 그녀의 성기를 만지고 있었다.

아델이 일어선다. 목덜미가 너무 아프다. 화장실을 찾다가 텅 빈 복도에서 길을 잃고 제자리로 돌아와 서성인다. 마침내 합판으로 된 문을 열고 낡은 화장실에 들어선다. 잠금장치는 고장이다. 뜨거운 물이 나오지 않아, 아델은 부들부들 떨며 얼굴과 머리에 물을 묻힌다. 밝아올 날에 맞서기 위해 입안을 헹군다. 복도에서 그녀의 이름을 부르는 소리가 들린다. 맞다, 분명히 로빈슨이라고 했다. 사람들이 그녀를 찾고 있다. 아니다, 남편에게 말을 거는 것이다. 그가 거기에 있다, 6090호 앞에, 창백하게 땀에 젖은, 푸른 환자복으로 감싸인 연약한, 리샤르. 그는 눈을 뜨고 있지만, 아델은 그가 깨어 있다고 믿기 어렵다. 그의 시선이 텅 비어 있다. 오직 두 손만, 몸을 들어올리려는 듯 이불을 꼭 거머쥔 두 손만이 그가 의식이 있다는 걸 증명하고 있었다.

간호사가 이동 침대를 밀며 병실로 들어온다. 병실 출입이 허락될 때까지 앞에서 기다리는 아델 앞에서 간호사가 문을 닫는다. 아델은 두 손을 어디에 둘 줄 모른다. 뭔가 할 말을, 위로의 문장을, 안심시키는 말을 찾아본다.

"들어가셔도 됩니다."

아델은 침대 오른쪽에 앉는다. 리샤르가 아델 쪽으로 가까스로 얼굴을 돌린다. 그가 입을 열자 끈적한 침 줄기가 입술에 그대로 달라붙는다. 그에게서 고약한 냄새가 난다. 땀과 두려움의 냄새. 아델이 그의 머리를 베개 위에 놓아주고 두 사람은 동시에 잠이 든다. 이마와 이마를 마주 대고.

11시가 다 되어서야 아델은 리샤르의 곁을 떠난다.

　"뤼시앙을 데리러 가야 돼. 가엾은 꼬마가 나를 기다리고 있어."

　엘리베이터 안에서, 아델은 조금 전 남편의 수술을 담당한 의사와 마주친다. 청바지에 가죽 점퍼 차림의 젊은 남자다. 이제 막 인턴을 마쳤거나 아니면 아직 인턴 과정 중인지도 모르겠다. 아델은 몸을 열어 뼈를 만지고 톱질을 하고 뒤집고 탈구시키는 그의 모습을 상상해본다. 그녀는 그의 두 손을, 밤새도록 피와 점액에 담근 그의 길쭉한 손가락을 관찰한다.

아델이 눈을 내리깐다. 그를 알아보지 못하는 척한다. 거리로 나서자 문득 그를 뒤쫓고 싶은 마음이 든다. 남자는 걸음이 빠르다. 그녀도 발걸음을 재촉한다. 길 건너 인도에서 아델은 그를 관찰한다. 그가 점퍼에서 담배를 한 대 꺼내자, 아델이 길을 건너 그의 앞에 선다.

"불 있으세요?"

"아, 예. 잠시만요."

화들짝 놀란 그가 점퍼 주머니를 이리저리 더듬는다. "로빈슨 박사님 사모님이시죠? 염려 마세요. 골절이 심하긴 하지만 아직 젊으시니까 금방 회복할 겁니다."

"예, 예. 아까 대기실에 오셨을 때 그렇게 말씀하셨어요. 걱정 안 해요."

그가 찰칵 하고 라이터를 켠다. 불꽃이 꺼진다. 오른손으로 불꽃을 막아보지만, 바람이 불어 불이 또 꺼진다. 아델이 그에게서 라이터를 낚아챈다.

"지금 집에 가시는 거예요?"

"어…… 네."

"누가 기다리고 있나요?"

"예. 근데, 왜 물으시죠? 도와드릴 일이라도?"

"한잔 같이 안 하실래요?"

그녀를 빤히 쳐다보던 의사가 깔깔대는, 신나는, 어린아이 같은 웃음을 터뜨린다. 아델의 얼굴에 긴장이 풀린다. 그녀가 웃는다. 그녀는 아름답다. 이 남자는 삶을 사랑하는군. 옥치에다 꽤 밝히는 사람 같은 눈이야.

"안 될 거야 없죠. 원하신다면."

아델은 매일같이 리샤르를 찾는다. 병실에 들어서기 전에 먼저 문틈으로 얼굴을 들이밀어본다. 남편이 깨어 있으면 아델은 불편하면서도 연민 어린 웃음을 남편에게 지어준다. 잡지, 초콜릿, 따뜻한 바게트 아니면 제철 과일을 가져다 준다. 하지만 남편은 아무것도 좋아하지 않는다. 사다 놓은 바게트가 딱딱해지도록 손도 대지 않는다. 시들어 빠진 바나나 냄새가 병실을 부유한다.

그는 아무런 욕구가 없다. 침대 바로 옆 등받이도 없이 불편한 의자에 앉아 말문을 터보려 애쓰는 그녀와도 말 한마디 나누지 않는다. 아델이 잡지를 뒤적이며 이런저런 험

담을 늘어놓지만 리샤르는 마지못해 대꾸할 뿐이다. 아델은 이내 입을 다물고, 창 너머로 도시처럼 큰 병원, 지상 전철, 오스테를리츠 역을 바라본다.

일주일째 면도를 하지 않아 리샤르의 검고 삐죽삐죽한 수염이 그의 얼굴을 더욱 세보이게 한다. 많이 야위었다. 깁스를 한 다리, 자신을 기다리는 몇 주의 시간 앞에 의기소침해진 그가 맞은편 거울을 응시한다.

매번, 그녀는 남편과 함께 오후를 보내며 그의 생각을 전환시키고 의사의 회진을 기다렸다가 이런저런 질문을 하겠다고 마음먹는다. 하지만 아무도 오지 않는다. 시간은 너무나 더디게 흘러서 그들의 존재가 잊힌 게 아닐까, 아무도 그들을 생각하지 않는 게 아닐까, 남편의 병실은 어쩌면 이 세상 어느 곳에도 존재하지 않는 게 아닐까 하는 의문마저 생겨난다. 오후가 길게, 끝없이 늘어진다. 30분 정도 흐르고 나면 아델은 어김없이 지루해지고 만다. 남편 곁을 뜨고 나서야 비로소 아델에겐 숨길 수 없는 안도감이 찾아온다.

그녀는 이 병원이 싫다. 다리를 절고, 복대를 차고, 깁스를 하고, 상처를 입은 환자들이 걷는 연습을 하는 복도. 무지한 환자들이 신성한 말씀이 전달되기만을 기다리는 대기실. 밤이면 잠결에도 그녀는 대퇴골이 부러져 리샤르 옆 병실에 입원한 팔순 노인이 비명을 듣는다.

"그냥 놔둬. 제발 부탁이니까 다들 꺼지라고."

어느 날 오후, 아델이 막 병실을 떠나려 할 때 뚱뚱한 체격의 수다쟁이 간호사가 들어왔다.

"아, 잘됐네요. 사모님이 계시니 씻는 걸 거들어주실 수 있겠네요. 오늘은 둘이서만 하지 않아도 돼요."

이게 무슨 상황인지, 끔찍하게 당혹스러워진 리샤르와 아델이 서로를 바라본다. 아델은 남편이 입은 스웨터를 소매부터 벗겨내고 간호사가 내미는 목욕 장갑을 받아든다.

"제가 잡을 테니 등을 문질러주세요. 그렇죠, 그렇게요."

아델은 리샤르의 등짝을, 털이 수북한 겨드랑이 아래를, 어깨를 천천히 목욕 장갑으로 문지른다. 그녀의 손이 엉덩이까지 내려간다. 그녀가 짜낼 수 있는 최대한의 부드러움으로 서서히 문질러준다. 리샤르는 고개를 숙이고 있다. 그가 울고 있다는 걸 아델은 알고 있다.

"괜찮으시면 나머지는 저 혼자 할게요."

약하게 딸꾹질을 하는 리샤르를 확인하고 흡족해하는 간호사에게 아델이 말한다. 아델은 침대 위에 앉는다. 리샤르의 한쪽 팔을 손에 쥐고 피부를 문지르고 그의 기다란 손가락 위에 한참 머문다. 무슨 말을 해야 할지 모르겠다. 여태까지 단 한 번도 남편을 보살핀 적이 없으니 이런 역할이 당황스럽고 서글퍼진다. 무너지든가 건강하게 버티든가. 리샤르의 몸뚱이는 아델에게 아무런 말도 건네지 않는다. 어떤 감정도 전해주지 않는다. 자비에가 그녀를 기다리고 있어 다행이다.

"당황하고 있다는 거 잘 알아." 리샤르가 돌연 속삭인다. "당신한테 이렇게 마음을 닫고 차가운 모습을 보여서 미안해. 당신에게도 너무 힘든 상황이라는 걸 잘 알아. 내가 원망스러워. 아델, 나는 내가 죽어가는 모습을 봤어. 너무 잠이 쏟아져서 눈을 뜨고 있을 수 없었어. 그러다가 균형을 잃은 거야. 아주 천천히 일어난 일이어서 전부 다 봤어. 정면에서 다가오던 차, 내 오른쪽에 있던 가로등. 몇 미터씩 몇 미터씩 미끄러졌는데 끝이 없어 보였지. 이제 끝이구나, 여기서 나는 죽는구나 생각했어. 단지 당직 한 번 더했다는 이유로. 덕분에 눈을 뜨게 됐어. 오늘 아침에 우리 과 책임자에게 사직 메일을 보냈어. 병원을 그만둘 거야. 더는 못 하겠어. 집 매매 제안서를 보냈고 리지와 병원의 제안에 동의한다는 서명을 할 생각이야. 신문사에도 미리 얘기해둬. 마지막 순간까지 기다리지 말고. 분위기 안 좋게 그만두면 좀 그렇잖아. 당신과 나, 이제 다시 시작하는 거야. 그렇게 보면 이번 사고가 그렇게 부정적인 것만도 아니야."

그가 붉어진 눈자위를 들어 그녀에게 미소 짓고, 아델은 자신과 평생 함께할 늙수그레한 남자의 얼굴을 바라본다. 진중한 얼굴, 노란 낯빛, 메마른 입술, 그것이 그의 미래다.

"간호사를 불러 올게. 내가 없어도 마무리할 수 있을 거야. 중요한 건, 당신이 괜찮다는 거야. 한꺼번에 생각하려고 하지 말고 좀 쉬어. 내일 다시 얘기하자."

아델은 분노를 담아 목욕 장갑을 힘껏 쥐어짜 침실용 탁자 위에 올려놓고는 그에게 살짝 손을 들어 보이며 병실을 나선다.

매서운 통증에 눈을 뜬다. 실오라기 하나 걸치지 않았다고, 춥다고, 꽁초가 넘쳐나는 재떨이에 코를 박고 잠들어 있었다고 간신히 생각해낸다. 가슴팍이 움찔거리더니 곧 내장이 뒤틀린다. 눈을 감아보자. 몸을 돌린 아델이 쏟아지는 잠을 향해 이 끔찍한 상황에서 제발 벗어나게 해달라고 사정한다. 눈꺼풀이 닫히면서 출렁이는 침대에 푹 파묻힌다. 혓바닥이 말려드는 기분과 동시에 고통스러운 비명이 쏟아진다. 푸르스름한 광선이 두개골 사이를 가르며 지나간다. 맥박이 빨라진다. 헛구역질이 배를 할퀸다. 목덜미가 떨려오며 배가 움푹 들어간다. 배출 직전의 거대한 공백처럼. 이렇게 하면 정신이 돌아올까. 아델은 두 다리를 들어올리려 애쓴다. 기운이 하나도 없다. 화장실까지 간신히 기어간다. 변기에 머리를 박고 잿빛 시큼한 액체를 게워내기 시작한다. 격렬한 구토가 그녀 안의 모든 것을 쥐어짜낸다. 입으로, 코로 토사물이 쏟아지면서 아델은 이러다 죽을 것만 같다. 이제 그만 나오나 싶지만 다시 구토가 치민다. 구토를 하면 할수록 똬리 트는 뱀처럼 몸이 배배 꼬였다가, 기진맥진하여 다시 주저앉는다.

아델은 꼼짝하지 않는다. 타일 바닥에 길게 뻗은 채로 아주 서서히 호흡을 되찾는다. 뒷덜미가 흠씬 젖어 한기가 밀려들면서 기분이 아주 조금 나아진다. 가슴께로 무릎을 가져와 모은다. 서서히, 그녀가 흐느낀다. 노랗게 질린 그녀의 얼굴이 눈물에 일그러지고 전날 밤의 화장으로 얼룩진 피부에 줄을 그린다. 그녀를 포기한, 혐오스러운 이 몸뚱이를 그네처럼 앞뒤로 흔들어본다. 혓바닥 끝으로 입 천장에 달라붙은 음식 찌꺼기가 느껴진다.

시간이 얼마나 흘렀는지 알 수가 없다. 잠이 들었던 걸까. 알 수가 없다. 바닥을 기어 샤워기에 다가간다. 아주 천천히, 한 단계 한 단계 간신히 지나 몸을 일으켜본다. 기절

할까 봐, 욕조에 머리를 부딪혀 두개골이 깨질까 봐, 다시
구토가 시작될까 봐, 그녀는 두렵다. 무릎을 꿇고 쪼그려
앉는다. 그리고 간신히 서서 버텨본다. 벽에다 손톱을 욱
여넣고 싶은 심정이다. 숨을 들이쉬고 똑바로 걷기를 시도
해본다. 이물질로 코가 꽉 막혀 아프다. 샤워기 아래에 서
서야 허벅지 사이로 피가 흐르는 걸 본다. 성기를 들여다
볼 엄두가 나지 않는다. 하지만, 흠씬 두드려 맞은 얼굴처
럼 생살이 찢어져 너덜너덜해지고 퉁퉁 부어올랐다는 건
느낌만으로 알 수 있다.

크게 기억나는 일은 없다. 그녀의 몸이 유일한 단서가
되어줄 뿐이다. 저녁 시간에 혼자 있고 싶지 않은 마음이
었다는 게 기억난다. 텅 빈 아파트에서 혼자 밤을 보내야
한다는 사실이 끔찍한 고통으로 다가왔다. 인터넷 사이트
에 메시지를 남기고 한 시간쯤 지나자 메디의 답변이 돌아
왔다. 약속한 9시가 되자 그가 왔다. 친구 한 명과 코카인
5그램도 함께였다. 아델은 잔뜩 꾸몄다. 돈을 주고 사는 관
계라고 해서 치장을 게을리 할 필요는 없다. 세 사람은 거
실로 가 앉았다. 아델은 한눈에 메디가 마음에 들었다. 바
짝 올린 머리, 한눈에 보아도 건달 같은 얼굴, 갈색 잇몸,

그리고 뾰족한 이. 체인 팔찌를 꼈고 연신 손톱을 깨물었다. 존경스러우리만치 천박한 스타일이었다. 그가 데려온 친구는 금발에 소심해 보였다. 앙투안이라는 이름의 아직 어리고 깡마른 청년은 재킷을 벗는 데만 한 시간이 걸렸다.

모던하고 고급스러운 아파트 내부에 두 남자는 제법 놀란 기색이었다. 소파 위에 앉은 둘의 모습이 마치 높은 사람의 집에 얼떨결에 초대받아 차 한 잔 마시는 데도 어쩔 줄 몰라 하는 소년들 같았다. 아델이 샴페인 병을 따자 메디가 물었다. 다짜고짜 반말이었다.

"하는 일이 뭐야?"

"기자."

"기자? 와, 좆나 죽이는데!"

그가 주머니에서 봉투를 꺼내 아델의 앞에 가져다 대고 흔들었다.

"아, 알았어. 기다려봐."

아델이 몸을 돌려 책장에서 뤼시앙의 애니메이션 DVD 케이스를 하나 꺼냈다. 메디가 빵 터지며 DVD 디스크 위에 코카인 가루를 여섯 줄로 늘어놓았다.

"너부터 시작해. 이거 완전 최상급이야." 메디가 쉬지 않고 말했다. 틀린 말이 아니었다.

우선 치아에서부터 감각이 사라지기 시작했다. 콧구멍이 콕콕 찌르듯 따가워지면서 기분 좋게 통제 불능 상태가 되고, 목이 말라왔다. 아델이 샴페인 병을 잡아 머리를 뒤로 젖혔다. 그리고 액체가 뺨과 목덜미를 타고 흘러 옷 속에 스며들어오자 드디어 시작됐다고 생각했다. 아델의 몸 뒤로 앙투안이 쭈그려 앉더니 아델의 블라우스 단추를 하나하나 풀었다. 안무를 완벽히 짠 발레처럼 그들은 자신이 무엇을 하고 있는지 정확히 알고 있었다. 앙투안이 아델의 머리를 받치고 있는 가운데, 메디가 아델의 젖가슴을 게걸스레 핥으며 허벅지 사이로 손을 집어넣었다.

아델은 벽을 타고 미끄러져 펄펄 끓는 물줄기 아래 주저앉았다. 요의를 느꼈지만, 간밤에 뼈가 튀어나오기라도 한 듯 아랫배가 딱딱했다. 두 발에 잔뜩 힘을 주어 움츠린 채 턱을 바싹 당겨보았다. 마침내 고약한 냄새와 함께 오줌줄기가 허벅지 사이로 흐르기 시작하자 아델은 고통스러운 비명을 토해냈다. 그녀의 성기는 산산이 깨진 유리 조각, 쩍쩍 갈라진 미로와도 같았다. 그 아래로 꽁꽁 언 시체들이 부유하는 얇은 얼음막. 매일 정성껏 면도하는 치골이 보랏빛으로 변했다.

그렇게 해달라고 한 건 바로 아델이니 그들을 원망할 수는 없다. 한 시간쯤의 몸 장난, 그녀의 몸속에 메디를 집어넣고, 그녀의 몸속에 앙투안을 집어넣고, 유희와 교환 끝에 더 이상 참지 못하고 메디에게 좀 더 다른 걸 요구했던 건 바로 그녀다. 누가 말했을까.

"이거 가지곤 안 돼."

더 느끼고 싶어 했던 건, 충분히 버텨낼 수 있다고 생각했던 건 누구였을까. 다섯 번, 아니 어쩌면 열 번, 메디가 한쪽 다리를 허공으로 들어 올렸다가 뼈가 뾰족하게 도드라진 앙상한 무르팍으로 그녀의 성기를 내리 찍어댔다. 그러면서 아델의 성기는 점점 파열되었다. 처음엔 그도 조심스러웠는지 앙투안에게 이래도 되는 건지 모르겠다는 눈빛을 보냈으나, 이내 조금쯤 가소롭다는 얼굴이 되어 한쪽 다리를 들어 올리곤 어깨를 한번 으쓱해 보였다. 처음에 그는 이해할 수가 없었다. 그러다가 몸을 배배 꼬는 그녀의 모습에, 그녀가 내지르는 비명이 더 이상 인간의 것이 아닌 짐승의 비명을 닮아갈 무렵 차츰 재미가 들렸다.

한 번 더, 한 번 더, 더 이상 아무것도 할 수 없을 때까지. 그러다가 아델은 완전히 기절했던 것 같다. 그 후로 몇 마디가 더 오고 갔는지도 모른다. 어쨌든 아델은 지금 이렇게 벌거숭이가 된 채로 텅 빈 아파트에서 눈을 떴다. 천천히 샤워를 마치고 나와 가구를 하나하나 짚어가며 벽에 매달려 기다시피 걸음을 옮긴다. 수건 한 장을 간신히 집어들어 몸을 감싸고, 천천히, 아주 조심스럽게 침대 끝에 걸터앉는다. 바닥에 세워둔 커다란 거울에 비친 제 모습을 바라본다. 창백하고 나이 들어 보인다. 아주 작은 동작만으로도 심장이 화끈거린다. 심지어 생각만 해도 사방의 벽이 어지럽게 돌아간다.

뭔가를 좀 먹어야 했다. 차갑고 달콤한 음료수를 마셔야 한다. 그녀는 알고 있다. 첫 한 모금은 달콤하고 갈증을 해소해줄 테지만, 일단 텅 빈 위장에 흘러 들어가는 순간 참을 수 없는 구역질이 올라오고 머리가 터질 듯한 두통이 찾아올 거라는 걸. 참아야 한다. 다시 드러눕자. 목을 좀 축이고, 잠을 많이 자자.

어쨌거나 냉장고엔 아무것도 없다. 리샤르가 입원하고부터 아델은 한 번도 장을 보지 않았다. 아파트는 더럽다. 침실 여기저기 옷이 널브러져 있고, 팬티가 바닥을 나뒹군다. 거실 소파 팔걸이 위엔 그녀가 입었던 원피스가 헤프게 잠들어 있다. 채 열어보지도 않은 우편물이 부엌에 쌓였다. 조만간 잃어버리거나 쓰레기통으로 던져질 것이다. 리샤르에게는 아무것도 안 왔다고 말할 것이다. 아델은 일주일 동안 결근했다. 누가 봐도 그녀가 감당할 수 없는 벅찬 기사를 쓰겠다고 약속한 터였다. 으름장을 놓는 시릴의 전화는 받지도 않는다. 한밤중이나 되어 병원에서 남편을 간호하느라 시간이 없었다며 궁색하기 짝이 없는 메시지를 보낸다. 그리고 월요일엔 출근하겠다고 한다.

아델은 옷을 다 입은 채로 잠을 자고, 침대에서 식사를 한다. 24시간 몸이 춥다. 머리맡 탁자는 절반쯤 비우다 만 요구르트 통, 숟가락, 딱딱하게 굳은 빵조가리로 어수선하다. 자비에가 시간을 낼 수 있을 때마다 그녀는 카르디날 르모앙 거리의 아파트에서 그를 만난다. 그가 전화를 걸면 아델은 침대에서 나와 펄펄 끓는 물로 한참 동안 샤워를 하고 옷가지를 바닥에 던지고 배를 가르듯 옷장 문을 연다. 그녀는 당당히 택시를 탄다. 날이 갈수록 늘어지는 눈밑 주름을 감추고 탄력을 잃어가는 낯을 감추기 위해 화장이 짙어진다.

핸드폰이 울린다. 아델은 이불 위를 더듬거리며 천천히 쿠션을 들어 올려본다. 전화벨 소리가 들려오지만 어딘지 찾지 못한다. 핸드폰은 발밑에 있었다. 핸드폰 화면을 본다. 벌써 여섯 번이나 부재중 전화가 와 있었다. 몇 분씩 간격을 두고 리샤르가 걸어온 여섯 번의 전화. 여섯 번의 흥분, 여섯 번의 분노.

1월 15일.

리샤르가 퇴원하는 날이다, 그가 그녀를 기다리고 있다. 오늘이 1월 15일이라는 걸 잊고 있었다. 아델은 옷을 입는다. 편안한 청바지와 남성용 캐시미어 스웨터를 걸친다.

그녀가 자리에 앉는다.

머리를 손질하고 화장을 한다.

가만히 앉는다.

거실을 정리하고 널브러진 옷들을 둘둘 말아 부엌 찬장 깊숙한 곳에 처박는다. 이마 위로 싸늘한 땀방울이 흐른다. 핸드백을 찾아본다. 텅 빈 채 배를 쩍 가르고 바닥에 널브러져 있다.

리샤르를 데리러 가야 한다.

어느 여름날, 아델의 부모님은 투케 근방에 작은 아파트를 빌렸다. 카데르는 휴양지에서 만난 사람들과 하루 종일 바에서 시간을 보냈다. 시몬은 브리지 게임을 하거나 목에 알루미늄 띠를 감고 테라스에서 선탠을 했다.

아델은 텅 빈 아파트에서 이 서랍 저 서랍을 뒤져보았다. 어느 날 오후, 그녀는 아파트 주인 것이 분명한 『참을 수 없는 존재의 가벼움』을 찾아냈다. 부모님은 이런 책을 읽는 부류가 아니었다. 책이라고는 생전 거들떠보는 일이 없는 사람들이다. 책장을 뒤적거리던 아델은 우연히 눈물이 날 정도로 충격적인 구절을 맞닥뜨렸다. 단어 하나 하나가 배 속 깊은 곳까지 울림을 전해왔고, 한 문장 한 문장 읽을 때마다 전류가 그녀의 온몸을 타고 흘렀다. 아델은 턱에 힘을 주고 성기를 잔뜩 움츠렸다. 생애 처음으로, 자기 몸을 더듬어보고 싶다는 욕망을 느꼈다. 팬티 자락을 움켜잡아 천 조각에 성기가 쓸릴 정도로 힘차게 끌어올렸다.

그가 그녀의 옷을 벗겼다. 그러는 동안 그녀는 조금도 움직이지 않았다. 그가 키스했을 때 그녀의 입술은 아무런 대답이 없었다. 돌연, 그녀는 자신의 성기가 축축해졌다는 걸 느끼고는 화들짝 놀랐다.

아델은 책을 제자리, 거실에 놓인 조그만 서랍장에 돌려놓았으나 밤이 되자 또 그 책을 떠올릴 수밖에 없었다. 책에 쓰인 단어가 정확히 어떤 것들이었는지, 어떤 음악이었는지 떠올려보려 했지만 기억이 나지 않았다. 아델은 침대에서 일어났다. 서랍을 열어 노란 책 표지를 보기 위해, 그리고 그녀가 입고 있는 얇은 원피스 아래로 조금씩 깨어나는 야릇한 감각을 한 번 더 느끼기 위해. 가까스로 용기를 내어 책을 집어 들었다. 책갈피를 꽂아둔 것도 아니고,

이야기의 한가운데 그 어떤 표시를 남겨둔 것도 아니었다. 하지만 매번 그녀는 자신을 그토록 전율케 했던 그 부분을 실수 없이 찾아냈다.

흥분이 느껴졌다. 그것은 그녀의 의지와 상관없이 이전에 느껴본 적 있는 흥분보다도 훨씬 더 큰 어떤 것이었다. 이미 그녀의 영혼은 지금 벌어지고 있는 일에 은밀히 동조하고 있었지만, 이 엄청난 흥분을 연장하려면 동조를 공공연히 밝혀선 안 된다는 것을 잘 알고 있었다. 만에 하나 그녀가 큰 소리로 '좋아요'라고 하거나, 사랑놀이에 적극적으로 동참하겠다는 의사를 보인다면, 이 흥분은 거품처럼 꺼져버릴 것이었다. 왜냐하면, 우리 영혼의 흥분이란 본인의 의지와 상관없이 깨어나는 육체가 주는 배신감, 그리고 이 배신감을 지켜보는 것에서 비롯되는 것이기 때문이다.

그가 그녀의 팬티를 벗겼다. 이제 그녀는 알몸이 되었다.

아델은 만트라처럼 이 구절을 거듭 읊조렸다. 문장들이 혓바닥 위로 계속 굴러다녔다. 아델은 한 문장 한 문장을 두개골 깊숙이 담아두었다. 욕망은 중요하지 않다는 걸 그녀는 단번에 이해했다. 아델은 자신이 접근하는 남자들에게 어떤 욕망도 느끼지 않았다. 그녀가 갈망했던 건 그들의 살갗이 아니라 상황 자체였다. 장악당하는 것. 쾌락에 빠진 남자들의 얼굴을 관찰하는 것. 스스로를 꽉 채우는 것. 타액을 맛보는 것. 간질처럼 돌연 휘몰아치는 오르가슴을, 관능적 쾌락을, 동물적 유희를 흉내 내는 것. 손톱을 피와 정액으로 물들인 채 떠나는 남자의 뒷모습을 바라보는 것.

에로티시즘은 모든 걸 위장해주었다. 사물의 평범함, 덧없음을 에로티시즘이 가려주었다. 여고생의 오후에, 생일 파티에서, 아델의 가슴을 곁눈질하던 노총각 삼촌이 빠지지 않고 참석하던 가족 모임에 탄력을 준 것도 에로티시즘이었다. 에로티시즘의 추구가 모든 종류의 규율과 체계를 소멸시켰다. 우정, 야망, 일상적인 계획, 모든 게 에로티시즘 앞에서 무너졌다.

아델은 그녀가 정복한 것들로 영광을 얻은 것도, 그렇다고 수치심을 느낀 것도 아니었다. 회계장부 같은 건 애초에 있지도 않았으니 그녀는 이름은커녕 분위기 따위도 기억에 담아두지 않았다. 아델은 아주 쉽게 잊었고, 그게 차라리 잘된 일이었다. 그녀를 스쳐간 그 많은 살가죽과 체

취를 어떻게 일일이 기억할 수 있을까? 그녀의 몸 위에서 움직이던 몸뚱이들의 무게를, 엉덩이의 넓이를, 성기의 크기를 어떻게 일일이 기억할 수 있을까? 그 어떤 것 하나 또렷이 기억하지 못하지만, 역설적이게도 남자들이야말로 그녀 존재의 유일한 지표였다. 계절이 바뀔 때, 매해 생일날, 인생의 중요한 행사에 맞게 떠오르는 연인의 얼굴이, 비록 흐릿하긴 해도 있긴 있었다. 그녀의 망각 속으로 서로 다른 남자들의 욕망을 가로질러 가며 수천 번 존재했던 안도의 감각들이 부유했다. 그리고 몇 년이 흘러 그중 한 남자를 우연히 마주쳤을 때, 그가 다소 감동하여 굵직한 음성으로 "너를 잊는 게 너무 힘들었어."라고 말해올 때, 아델은 무한한 만족감에 사로잡힌다. 마치 이 모든 일이 헛되지 않았다는 듯. 마치 이 영원한 굴레 속에 그녀가 원하든 원치 않든 어떤 감정이 끼어들어 있었다는 듯.

개중 누군가는 아델의 가까운 곳에 머무르면서 다른 누구보다 감동을 주기도 했다. 가령, 아델이 기꺼이 친구라고 말하기를 주저하지 않는 아담의 경우가 그렇다. 비록 인터넷 만남 사이트에서 알게 된 사이지만 아델은 그가 유난히 친근했다. 이따금 블루 거리를 지나며 그의 옷을 간직하고 그가 사무실이자 거실로 사용하는 침대 속에 들어가 함께 마리화나를 피운다. 그의 팔에 머리를 기대어본다. 솔직담백한 이 동료애를 아델은 사랑한다. 아담은 단한 번도 그녀에 대해 지적하거나, 그녀의 사생활에 대해 캐묻는 법이 없었다. 지적이지도 생각이 깊지도 않은 남자여도 아델은 그런 그가 좋았다.

특정 인물에게 집착해서 힘들었던 적도 있었다. 이제 와 생각해보면 그 집착이 어떤 것이었는지조차 희미하다. 더 이상 아무것도 알 수 없다. 그런데 돌연, 그것보다 더 중요한 일은 세상에 없는 것처럼 여겨졌다. 뱅상, 그리고 그에 앞서 남아프리카 르포 중 만난 올리비에가 그랬다. 오늘 자비에의 문자를 기다리는 것과 꼭 마찬가지로 당시의 아델은 그들의 소식을 애타게 기다렸다. 그들이 오로지 아델한 사람만을 위해 다 소모되기를, 막상 아델 자신은 잃는게 아무것도 없으면서 그들만큼은 모든 것을 잃어도 좋을 정도로 그녀를 사랑해주기를 바랐다.

오늘, 그녀는 무대에서 내려가 쉴 수 있을 것이다. 운명과 리샤르의 선택에 자신을 맡긴다. 모든 게 무너져 내리기 전에, 나이도, 기력도 전부 잃어버리기 전에 그만두는 편이 그녀에게 훨씬 이로울 것이다. 마법도, 존엄성도 모두 잃고 딱한 처지로 전락하기 전에.

이 집은 참 예쁘다.

보리수를 심고, 썩어 들어가든 이끼에 뒤덮이든 무심히 놔둘 벤치가 어울리는 아담한 테라스가 특히 그렇다. 파리에서 먼 곳, 지방 도시의 작은 집에서, 아델은 그녀가 정말로 정의했던, 그녀의 진정한 존재를 포기할 것이다. 그 누구에게도 알려지지 않은 그 존재는 그녀의 가장 큰 시련이 된다. 그녀 자신의 일부이기도 한 그 존재를 버리면서 사람들의 눈앞에 드러나는 것 이상도 이하도 아닌 존재가 될 것이다. 본질도 이면도 없는 표면. 그림자 없는 육신. 이제는 이렇게 말할 수도 없을 것이다. '사람들은 자기가 원하는 대로만 생각하지. 이러나저러나 모르는 건 마찬가지니까.'

예쁘게 꾸민 집 안, 보리수나무 그늘 아래로부터 아델은 도망칠 수 없을 것이다. 하루가 지나고 또 하루가 지날수록, 그녀가 부딪치는 건 그녀 자신일 것이다. 장을 보며, 설거지를 하며, 뤼시앙의 숙제를 거들며, 살아야 할 이유를 찾아야 한다. 평범함과는 거리가 멀었던 아이. 유년 시절 이미 목이 졸려, 가족과 보낸 시절은 끔찍한 형벌과도 같았다고 말하는 아이.

이 끝날 줄 모르는 나날들에, 그저 함께 있다는 사실에,

서로가 서로에게 영양분이 되어준다는 것에, 서로가 잠드는 모습을 바라본다는 사실에, 욕조 하나를 두고 하는 말다툼에, 뭔가 할 일을 찾는 데 그녀는 구토를 느낄 것이다. 아델을 유년에서 꺼내준 건 남자들이었다. 이 진흙투성이 시기로부터 그들이 그녀를 끄집어냈을 때, 그녀는 기꺼이 어린아이의 수동성을 게이샤의 외설성으로 바꾸어버렸다.

"운전을 할 줄 알면 남편은 네가 데리러 갈 수 있을 것 같은데. 좀 더 독립적으로 살 수 있지 않겠냐고, 안 그래?"

로렌은 짜증이 난다. 차 안에서 아델은 간밤에 있었던 일을 들려준다. 전부 다 털어놓지는 않는다. 머뭇거리다가 아델은 결국 돈을 좀 빌려줄 수 없겠느냐고 묻는다.

"리샤르가 집에 돈을 좀 놓아두는 건 아는데, 내가 쓰면 안 되는 돈인 것 같아서. 무슨 말인지 알지? 최대한 빨리 갚을게, 진짜야."

로렌은 한숨을 내쉰다. 신경질적으로 자동차 핸들을 톡 톡 두드린다.

"됐어, 됐다고. 그냥 줄게."

병실에 들어가니 리샤르는 무릎 위에 가방을 얹고 두 사람을 기다리고 있었다. 조급한 기색이다. 로렌이 원무과로가 병원비를 지불하는 사이, 아델은 말없이, 지친 기색으로 그녀를 따라 병원 복도를 왔다 갔다 할 뿐이다. 손에는 원무과에서 퇴원 수속을 밟을 때 필요한 번호표를 꼭 쥐고 있다.

그녀가 말한다. "우리 차례야."

원무과 창구에 앉은 여자에게 아델은 말 한마디 건네지 않는다.

리샤르를 데리고 아파트에 들어섰을 때, 아델은 저도 모르게 고개를 숙인다. 조그만 책상 위에 꽃이라도 사다 꽂아두었으면 좋았을 것이다. 설거지감은 전부 식기 세척기에 담아둘걸 그랬다. 와인이나 아니면 맥주라도 사다둘걸 그랬다. 리샤르가 환장하는 초콜릿이라도 사다둘걸. 거실 의자 여기저기 널브러진 외투를 정리하고 욕실 청소도 해둘걸 그랬다. 좀 더 신경을 쓸걸, 서프라이즈를 준비해둘걸.

"자, 점심거리 좀 사 올게." 로렌이 먼저 제안한다.

"장 볼 시간이 없었어. 정말이지 계획을 잘못 세웠네. 자기 낮잠 자는 동안 나가서 사 올게. 자기가 원하는 거 뭐든, 먹고 싶은 거 다 사다 줄게. 말만 해, 응?" 아델이 묻는다.

"그런 건 중요하지 않아. 어차피 배도 안 고프고."

아델은 리샤르를 부축해 소파에 눕힌다. 장딴지 부근 깁스를 잡아 천천히 다리를 들어올린 다음 쿠션 위에 놓아준다. 목발 한 쌍은 바닥에 둔다.

하루가, 또 하루가 지나도 리샤르는 움직임이 없다.

일상은 리듬을 찾아간다. 뤼시앙이 돌아왔다. 아델은 다시 출근한다. 일에 푹 빠지고 싶지만 어쩐지 사람들로부터 멀어진 느낌이다. 그녀를 맞는 시릴이 쌀쌀맞다.

"자기가 간호사 놀이 하는 동안 벤 알리[6]가 축출된 것 알고 있어? 메시지 남겼는데, 어쨌든 결국 베르트랑을 보냈어."

편집실이 센티멘털한 분위기에 압도당할수록 아델은 더욱 왕따가 된 느낌이다. 날이 갈수록 동료들은 사무실 한

---

6) 2011년 반정부 혁명으로 축출된 튀니지 대통령으로, 23년 동안 집권했다.

가운데 놓아둔 텔레비전 화면에 더욱 집착한다. 매일매일 부르기바 거리의 검은 인파 행렬이 영상을 채운다. 시끌벅적하고 젊은 군중이 승리를 자축한다. 여자들이 병사들 품에 안겨 흐느낀다.

아델도 화면을 향해 눈을 돌린다. 모든 게 눈에 익다. 그녀가 수도 없이 걸어다녔던 거리다. 꼭대기 층 발코니에서 담배를 피웠던 칼튼 호텔 입구. 트램웨이, 택시, 그녀가 남자들의 시선을 한 몸에 받던 카페. 그들에게선 니코틴과 밀크커피 냄새가 났다. 시민들의 우울한 마음을 듣고, 이미 활력을 잃어버린 벤 알리 나라의 맥박을 짚어보는 것 외에 그녀가 할 수 있는 일은 없었다. 아델은 계속해서 같은 기사를, 슬퍼서 죽을 것만 같은 기사를 써댔다. 자포자기한 절망적인 내용을 담아.

경악한 나머지 동료들은 입을 막은 손을 떼지 못하고 있다. 숨소리도 내지 못한다. 타흐리르 광장[7]이 한참 불에 타오르고 있다. "비켜요, 비켜." 시민들이 헝겊 인형에 불을 붙인다. 시를 낭송하며 혁명을 외친다. 2월 11일, 17시 03분, 술라이만 부통령이 호스니 무바라크[8]의 사임을 발

---

7) 이집트 카이로에 위치한 광장으로, 이집트 민주화의 성지이자 상징이다.

표한다. 기자들은 포효하며 서로의 품에 뛰어들어 펄쩍 펄쩍 뛴다. 드니스가 아델을 향해 몸을 돌린다. 그가 울고 있다.

"정말 멋져, 안 그래? 네가 갈 수 있었는데. 어처구니없는 사고였지. 운이 없었어."

아델은 어깨를 으쓱하고는 자리에서 일어나 외투를 걸친다.

"오늘 저녁에 같이 있지 않을래? 우리는 생방송을 지켜보려고 하는데. 직장생활 하는 동안 한 번 겪을까 말까 한 사건이잖아!"

"아니, 난 퇴근해. 집에 가야 해."

리샤르에겐 그녀가 필요하다. 오늘 오후에만 벌써 세 번이나 그의 전화를 받았다. "내 약 안 잊어버렸지?" "쓰레기봉투 좀 사다 줘." "언제쯤 와?" 그가 그녀를 기다린다, 초조하게. 그녀 없이는 아무것도 할 수 없는 사람이 되었다.

아침마다 아델은 남편의 옷을 벗긴다. 그녀가 깁스 위

8) 30년 동안 장기 집권한 이집트 대통령. 그의 철권 통치에 반발한 반정부 시위에 의해 2011년 2월 11일 사임했다.

로 팬티를 벗겨내면 그는 두 눈을 하늘을 향하고 기도문이나 욕지거리를 내뱉는다. 그때그때 다르다. 아델은 석유 냄새가 나는 쓰레기봉투로 깁스를 감싸고 허벅지에 스카치테이프를 둘둘 감는다. 그러고는 리샤르를 샤워기 밑으로 데려간다. 플라스틱 의자 위에 자리 잡으면, 그녀는 모노프리에서 일부러 사 온 동그란 의자 위에 그의 한쪽 다리를 뻗어 올릴 수 있도록 거든다. 10분쯤 지나 그가 외친다. "다 했어!" 그러면 그녀가 수건을 건네는 거다. 아델이 침대까지 부축해 데려가면 그는 숨을 몰아쉬며 드러눕는다. 스카치테이프를 다 잘라내고, 쓰레기봉투를 걷어낸 다음 팬티, 바지를 입히고 양말을 신긴다. 낮은 테이블 위에 물 한 병, 빵, 진통제, 그리고 전화기를 놓아두고 나서야 출근한다.

주중에 아델은 녹초가 된 나머지 간혹 10시에 옷도 갈아입지 못한 채 뻗는다. 거실과 현관에 잔뜩 쌓인 이삿짐 상자들을 보고도 못 본 체한다. 파리를 떠나는 날이 아직 먼 것처럼 행동한다.

"시릴한테 얘기했어?" 남편이 묻지만 대답하지 않는다. "사직하기 전에 미리 말해야 하는 거 알지?"

주말이 되면 아파트에 셋만 있다. 기분 전환 겸 친구

178

들을 초대하자고 아델이 제안하지만 리샤르는 아무도 집에 들이고 싶어 하지 않는다.

"이 꼴을 누구한테 보이라고."

리샤르는 걸핏하면 성을 내고 공격적으로 대꾸한다. 평소 같으면 차분한 성격의 그가 사사로운 일에 울분을 터뜨린다. 이번 사고가 그녀가 미처 몰랐던 그의 어떤 부분을 뒤흔들었나 보다라고 그녀는 생각한다.

어느 일요일, 아델은 뤼시앙을 데리고 몽마르트르 언덕 위 공원을 찾았다. 둘이 나란히, 싸늘한 모래 놀이터 가장자리에 앉는다. 두 사람의 손이 꽁꽁 얼었다. 뤼시앙은 어떤 금발 머리 아이가 매우 세심하게 줄을 맞춰 만들어놓은 모래 덩어리들을 망가뜨리며 좋아한다. 아이의 엄마가 핸드폰을 귀에서 떼지 않고 뤼시앙에게 다가와 하던 통화를 멈추지 않은 채 냉큼 뒤로 떠다민다.

"야, 지금 너 무슨 짓을 하는 거니? 우리 애 가만히 놔둬. 장난감 뺏지 말고."

콧물 범벅 뤼시앙이 한쪽 눈으로 금발 머리 꼬마 쪽을

흘겨보며 엄마 품으로 달려온다.

"뤼시앙, 이리 와. 집에 가자."

아델은 일어서서는 집에 안 가겠다고 울며 떼쓰는 아들의 두 팔을 잡는다. 모래 놀이터를 성큼성큼 걸어가 부츠 끝으로 금발 꼬마가 만든 모래성을 짓이기고는 아이의 플라스틱 양동이를 공원 저 구석으로 던져버린다. 금발 꼬마의 엄마가 히스테리를 부리며 소리쳐도 아델은 돌아보지 않는다.

"어머, 이봐요!"

"집에 가자, 뤼시앙. 날이 너무 추워."

현관을 열자 아파트는 침묵에 잠겨 있다. 리샤르는 거실 소파 위에 잠들어 있고 아델은 천천히 손가락 하나를 입술에 올리고, 조심조심 아이의 옷을 벗긴다. 아들을 침대에 눕힌다. 낮은 탁자 위에 아델이 메모를 남긴다. '시장 보고 올게.'

클리시 대로. 성인용품점 쇼윈도 앞에 꼬질꼬질한 비옷을 입은 늙은이가 빨간색 비닐로 된 하녀 복장을 손가락으로 가리키고 있다. 젖가슴이 어마어마하게 큰 흑인 점원이 아델을 향해 들어와보라는 듯 고개를 까딱한다. 아델은 에

로틱한 쇼윈도 앞에 바짝 붙어 키득거리는 관광객들을 지나친다. DVD를 하나 고른 나이 든 독일인 부부를 아델은 유심히 관찰한다.

유리 부스 앞에서 뚱뚱한 금발 여자가 비를 맞고 서성이며 호객 행위를 한다.

"춤 한번 추고 가요. 실망 안 시킬게!"

"우리 아들하고 같이 있는 거 안 보여요?" 30대로 보이는 남자가 과장스럽게 성질을 부린다.

"그게 무슨 문제라고. 유모차는 입구에 세워두면 되고요. 안에 있는 동안 내가 봐드릴게."

대로 한가운데 작은 공원에서는 사람들이 캔맥주나 싸구려 보드카를 마시고 있다. 아랍어, 세르비아어, 월로프어, 중국어가 들려온다. 술주정뱅이들 한복판을 아이들과 함께 지나가던 부부가 마침 자전거를 타고 순찰 중인 경찰을 보고는 반색한다.

아델은 분홍 벨벳으로 도배한 긴 복도 속으로 스며든다. 벽에는 부둥켜안은 여자들 사진, 혀를 내민 사진, 엉덩이 사진이 복도를 지나는 이들을 향해 걸려 있다. 입구를 지키는 경비에게 아델이 인사를 건넨다. 그는 아델을 알고 있다. 이미 몇 번이나 아델에게 대마초를 판 적이 있고, 남자의 누이가 위암에 걸렸다는 말에 리샤르의 전화번호를 건네준 적도 있었다. 그 뒤로 남자는 아델에게 입장료를 받지 않는다. 어쨌든 아델이 구경만 하고 나오리라는 걸 그는 잘 알고 있다.

토요일 밤의 이곳은 간혹 총각 파티나 새로 따낸 계약을 축하하며 술이 거나해진 직장 동료들로 붐빌 때도 있다. 오늘 오후, 고작 손님 셋이 작고 초라한 무대 앞에 앉아 있다. 나이가 좀 있고 깡마른 흑인. 기차를 놓칠까 봐 수시로 손목시계를 들여다보는 것으로 미루어 볼 때 지방 출신임에 분명한 오십 줄의 남자. 그리고 구석 자리엔 홀에 들어서는 그녀에게 역겹다는 시선을 던진 아랍 남자가 앉아 있다.

아델은 아프리카 남자에게 다가간다. 그를 향해 상체를 숙인다. 남자의 눈이, 흐리멍덩하고 누리끼리한 흰자가 아델을 바라본다. 남자가 수줍게 웃는다. 남자는 충치가 많다. 아델은 그대로 서 있다. 못 박인 그의 두 손, 반쯤 열린 바지 지퍼, 혈관이 불뚝불뚝 선 그의 축축한 성기를 곁눈질로 살핀다.

아랍 남자가 구시렁거린다. 아델의 등 뒤로 그의 한숨이 느껴진다.

"추마.[9]"

"뭐라고 했어?"

늙은 아랍 남자는 고개를 들지 않는다. 자기 손가락을 핥다가 젖꼭지 위에 올리며 신음을 토하는 스트립 걸을 계속해서 곁눈질로 바라본다.

"추마."

"다 들려. 무슨 말 하는지도 알고."

그는 반응이 없다.

아프리카 남자가 아델의 팔을 붙든다. 그녀를 진정시키려는 것 같다.

"이거 놔."

나이 든 남자가 일어난다. 눈빛이 안 좋다. 축 늘어진 볼이 사흘 동안 깎지 않은 수염에 덮여 있다. 한참 동안 남자가 아델을 뜯어본다. 어마어마하게 비싼 구두, 점퍼, 귀티나는 피부를 살펴본다. 그리고 결혼 반지.

"미친년."

그가 내뱉는다.

그러곤 나가버린다.

---

9) 추잡한 짓, 더러운 짓, 부끄러운 짓이라는 뜻의 북아프리카어.

거리로 나온 아델은 얼이 빠져 있다. 분노로 몸이 떨린다. 밤이 찾아왔고, 귀에 이어폰을 꽂는다. 슈퍼마켓에 들어가 이 코너 저 코너를 헤맨다. 손에 든 장바구니에는 아무것도 담겨 있지 않다. 먹는다는 생각만으로도 혐오가 치민다. 아무거나 집어 들고 줄을 선다. 이어폰을 뺀다. 그녀의 순서가 돌아오자 볼륨을 높인다. 계산대의 젊은 점원을, 손가락 끝부분만 잘라낸 장갑, 군데군데 매니큐어가 벗겨진 그녀의 손톱을 바라본다.

'이 여자가 나한테 한마디라도 건네면 울어버릴 것 같아.'

그러나 점원은 아무 말도 하지 않는다. 인사 한마디 건네지 않는 손님들에 이미 익숙하다.

톱니바퀴는 멈추었다. 엄청난 근심이 그녀 안에 둥지를 틀었다. 아델은 끔찍하게 말라서 살가죽이 말 그대로 뼈에 달라붙은 것 같다. 그녀의 눈에는 온 거리가 사랑에 빠진 사람들에게 점령당한 것처럼 보인다. 아델은 번번이 길을 잃는다. 길을 건너기 전 양옆을 살피는 것을 잊고 경적 소리에 화들짝 놀란다. 어느 아침엔가는 집을 나서다가 옛 연인을 본 것 같다고 착각하기도 했다. 심장이 멈춘 그녀는 뤼시앙을 품에 바짝 끌어안아 얼굴을 가렸다. 아델은 전혀 다른 방향으로 재빨리 걸어갔다. 누군가 뒤를 쫓고 있다는 생각에 계속해서 뒤를 돌아보았다.

집에 있을 때는 초인종 소리에 흠칫 놀라고 계단 귀퉁이에 서서 발소리를 염탐한다. 우편물을 하나하나 조사한다. 어디에 두었는지 찾을 길이 없는 흰색 핸드폰을 해지하기까지 일주일 동안 고민했다. 결심을 망설이며 감상에 젖은 자신의 모습에 스스로 놀랐다. 어느 틈엔가 아델은 자신을 협박하고, 그녀의 삶 속으로 들어와 세세한 일에까지 간여하는 그들의 모습을 상상하고 있었다. 다리를 다쳐 움직이지 못하고 동작이 굼뜬 리샤르는 그들이 몰기 쉬운 짐승이다. 그들이 리샤르를 찾아내 전부 폭로할 것이다. 아파트를 나설 때마다 예외 없이 배가 꼬이듯 아팠다. 혹시 잊은건 없을까, 흔적을 남기진 않았을까 두려워하며 그녀는 가던 길을 되돌아온다.

"괜찮아? 뭐 필요한 것 없어?"

아델은 남편과 아들에게 잠옷을 입혔다. 저녁을 만들어 먹였다. 의무를 완료했다는 감정과 사로잡히고 싶은 욕구와 함께 그녀는 서둘러 밖으로 나갔다. 자비에가 어째서 레스토랑에서 저녁을 먹자고 제안했는지 알 수가 없다. 카르디날르모앙 거리로 가 허겁지겁 옷을 벗고 그와 함께 녹초가 되는 편이 더 좋았다. 아무 말도 하지 않고.

"태국식으로, 아니면 러시아식?"

"러시아식. 보드카 마실 거예요." 아델이 대답한다.

자비에는 예약을 하지 않았지만 8구에 있는 이 식당 사장을 잘 안다. 사업가, 고급 매춘부, 영화배우, 한창 이름 날리는 기자가 모여드는 곳이 바로 이곳이다. 두 사람은 유리창에 붙여놓은 작은 테이블에 앉는다. 자비에가 보드카를 한 병 주문한다. 아델은 언제나 그 앞에서, 그와 함께 밥 먹기를 피해왔다.

　　아델은 메뉴판을 들춰보지 않고 자비에에게 주문을 맡긴다.

　　"당신을 믿으니까."

　　그녀는 바닷가재 샐러드를 거의 손도 안 대다시피 하고, 얼음 덩어리에 싸여 나온 보드카 병에 손가락을 대고 얼리고 있다. 목구멍이 불타듯 따끔거리고 알코올이 텅 빈 위장을 휘젓는다.

　　"손님, 그냥 두세요. 제가 따라드리죠."

　　서빙하는 남자가 미안해하며 테이블 쪽으로 다가온다.

　　"차라리 우리와 합석하시는 게 좋겠네요."

　　아델이 웃고 자비에는 눈을 내리깐다. 자비에는 그녀가 불편하다.

　　두 사람은 서로 할 말이 없다. 아델이 볼 안쪽 살을 깨물며 화젯거리를 찾는다. 처음으로 자비에가 소피에 대한 이야기를 꺼낸다. 아내의 이름과 아이들의 이름을 꺼낸다. 더 이상 거짓말을 할 수 없으며, 변명거리도 이제 씨가 말라버렸다고도.

"와이프 얘기는 왜 하는 거예요?"

"다 생각은 하면서도 아무렇지 않은 척, 아무 말도 하지 않는 편이 더 낫겠어요?"

아델은 자비에가 역겹다. 지긋지긋하다. 그들의 관계는 이미 죽었다. 그건 아이들이 서로 자기 쪽으로 잡아당겨 낡아 해진 천쪼가리와 같을 뿐이다. 닳고 닳았다.

그녀는 딱 달라붙는 회색 진에다 처음으로 신어보는 아주 높은 힐을 신었다. 블라우스는 심하다 싶을 정도로 파였다. 그녀는 천박해 보인다. 레스토랑을 나서는 아델의 걸음이 불편하다. 그녀는 갓 태어난 아기 기린처럼 무릎을 굽힌다. 신발 밑창이 미끄러운 데다 보드카 기운에 구두굽이 휘청댄다. 자비에의 팔을 꽉 붙들었음에도 인도에 오르는 계단을 헛디뎌 넘어지고 만다. 마침 지나던 사람이 그녀를 일으켜주려 다가온다. 자비에가 그에게 물러서라는 신호를 한다. 그가 그녀를 맡는다.

아프기도 하고 희미한 수치심도 들지만, 그녀는 차가

운 물길이 치솟는 분수대처럼 웃는다. 그녀는 자비에를 건물 로비로 끌고 간다. "안 돼, 그만. 제정신이 아니군요."라는 그의 말을 아델은 듣지 못한다. 그녀가 그에게 몸을 밀착하여 그의 얼굴에 축축하고 희망 없는 키스를 퍼붓는다. 그는 바지 지퍼를 붙드는 그녀의 손을 뿌리치려 한다. 바지를 내리는 그녀를 저지하려 해보지만 그녀는 이미 무릎을 꿇고 있고, 그는 쾌락과 어쩌면 누가 들어올지도 모른다는 공포 사이에서 얼빠진 눈을 하고 있다. 몸을 일으킨 아델이 벽에 등을 대고 서서 몸을 좌우로 비틀며 꼭 달라붙는 회색 진을 벗는다. 공짜로 베푸는 너그러운 그녀의 몸속으로 그가 쑤시고 들어간다. 아델은 젖은 눈으로 그를 바라본다. 그리고 순수함을 흉내 내며 거짓 감정을 꾸며 말한다.

"사랑해요. 사랑해요, 내 마음 알죠?"

아델은 그의 얼굴을 감싼다. 손가락 밑으로 이미 한 발 물러선 그가 느껴진다. 그가 느끼는 가책을 아델은 충분히 이해한다. 피리 소리에 판단력을 상실하는 쥐처럼, 이제 그는 그녀를 따라 세상 끝까지라도 갈 태세가 된다.

"또 다른 인생은 가능한 거예요. 거기로 나를 데리고 가 줘요." 그녀가 속삭인다.

그가 다시 옷을 입는다. 순한 눈동자, 서늘한 두 뺨.

"금요일에 봐요, 내 사랑."

금요일이 되면 아델은 말하리라, 모든 게 끝이라고. 전부, 그도, 그밖에 나머지도. 아델은 치명적인 구실을 찾아내 그 누구도 반박할 수 없게 할 것이다. 임신했다거나, 병에 걸렸다거나, 리샤르가 눈치챘다거나.

그녀는 이제 새로운 인생을 시작하겠노라고 그에게 선언할 것이다.

"안녕하세요, 리샤르."

"소피, 잘 지냈어요?"

자비에의 아내가 문지방에 서 있다. 화장을 진하게 하고 옷에도 잔뜩 신경을 썼다. 그녀가 핸드백 끈을 신경질적으로 조인다.

"전화를 먼저 걸었어야 했는데, 설명을 하자면…… 뭐랄까, 전화로 부담 주고 싶지 않았어요. 원하신다면 다음에 다시 올 수도 있는데……."

"아니, 괜찮아요. 들어오세요."

소피가 아파트 안에 들어선다. 리샤르가 다시 자리에 누울 수 있도록 그녀가 거든다. 목발 한 쌍을 벽에 얌전히 기대어놓고 그의 앞, 푸른색 안락의자에 앉는다.

"자비에 문제예요."

"그래요?"

"그리고 아델하고도 관계가 있어요."

"아델."

"어제저녁, 친구들을 식사에 초대했어요. 손님들이 좀 늦길래 문자 메시지를 확인하려 했죠. 문제라도 생겼나 싶어서."

그녀가 침을 삼킨다.

"자비에와 내 핸드폰은 같은 모델이에요. 그이가 현관에 핸드폰을 두고 나갔죠. 그걸 제가 집어 들었고요. 맹세컨대 내 거라고 생각했기 때문이었어요. 절대로 그래선 안 되는 거였는데……. 결국, 메시지를 읽었어요. 어떤 여자가 보낸 문자 메시지였어요. 아주 단호한. 당시엔 아무 말도 하지 않았어요. 손님들을 기다렸다가 저녁을 대접했죠. 어쨌거나 즐거운 시간을 보냈고, 손님들 중 아무도 눈치 못 챘다고 생각해요. 손님들이 모두 가고 나서 자비에에게 따졌어요. 남편은 거의 10분 동안 부인하더군요. 남편을 스토커처럼 괴롭히는 미친 환자라고, 이름조차 모르는 사람이라고 잡아뗐어요. 그러다가 결국 전부 털어놨어요. 내 눈엔 심지어 안심하는 것처럼 보였는데, 한번 털어놓기 시작하니까 걷잡을 수 없이 얘기하더라고요. 자기도 어쩔 수가 없었대요, 너무 적극적이어서. 그 여자를 사랑한다고 하네요."

"아델을 사랑한다고요?"

리샤르가 냉소 섞인 웃음을 터뜨린다.

"안 믿겨요? 메시지를 보여줄까요? 원한다면 여기 있으니 보세요."

리샤르는 소피가 내미는 핸드폰 쪽으로 천천히 몸을 기울여 아이처럼 한 글자 한 글자 해독한다.

'너무너무 벗어나고 싶어요. 당신이 없으니 숨이 막혀요. 수요일이 오기만을 기다려요.'

"수요일에 만나기로 했대요. 아델에 대해 말해준 건 바로 자비에예요. 불륜 상대가 바로 아델이라고 말한 것도 그 사람이고요. 그이가 아델에 대해 어떻게 말했는지 봤다면……."

소피가 울음을 터뜨린다. 리샤르는 그녀가 그만 꺼졌으면 좋겠다고 생각한다. 그것도 당장. 그녀가 있으니 도무지 생각을 할 수 없다. 그녀가 있으니 고통을 느낄 수도 없다.

"여기 온 거 자비에가 알아요?"

"아, 아니요. 아무 말도 안 했어요. 알았다간 돌아버렸을 거예요. 지금 내가 뭘 하고 있는지 나도 모르겠어요. 마지막 순간까지 망설이다가 되돌아갈 뻔했어요. 너무 유치하고 수치스러운 일 같아서."

"아무 말도 하지 마세요. 정말 아무 말도 하면 안 돼요. 부탁이에요."

"그래도……."

"이 일을 해결해야 한다고, 끝낼 시간을 가져야 한다고 자비에에게 말해요. 내가 이 일에 대해 알고 있다는 걸 아델이 알아선 안 돼요. 정말 안 돼요."

"알았어요."

"약속해주세요."

"약속할게요, 리샤르. 예, 약속해요."

"자, 그럼 이제 돌아가요."

"물론이죠. 아, 리샤르. 이제 우린 어떻게 하죠? 우리는 어떻게 되냐고요?"

"'우리'라고요? 우리는 아무것도 되지 않을 겁니다. 소피, 우리가 두 번 다시 얼굴 볼 일은 없을 테니까요."

그가 현관문을 연다.

"아시죠? 동정해야 할 사람은 자비에라는 걸. 남편을 용서하고, 그만 가주세요. 그리고, 하고 싶은 대로 하세요. 나하고는 상관없는 일이니까요."

어린아이에게 폴더형 핸드폰은 아주 재미있는 장난감이다. 폴더를 열면 불이 들어온다. 폴더를 세게 닫아 손가락을 꼬집을 수도 있다. 흰색 핸드폰을 발견한 건 뤼시앙이었다. 아델은 리샤르가 샤워할 때 쓸 만한 둥근 의자를 사러 나갔다. 카스토라마[10]에서 아델이 전화를 걸어왔다.

"여긴 없어. 모노프리에 한번 가볼게."

뤼시앙은 거실에서 흰색 폴더폰을 가지고 노는 중이다.

"아들, 이거 누구 전화기야? 어디서 났어?"

---

10) 가구나 건축자재, 실내 장식 등을 파는 체인점.

"어디?" 아이가 되풀이한다.

리샤르가 아이의 손에서 핸드폰을 빼앗는다.

"여보세요, 여보세요? 엄마한테 전화할까?"

뤼시앙이 웃는다.

리샤르는 핸드폰을 바라본다. 낡은 기계. 누군가 여기에 흘리고 갔을 것이다. 집에 다녀간 친구 중 한 사람. 로렌 아니면 베이비시터 마리아. 폴더를 열어본다. 바탕 화면에 뤼시앙의 사진이 있다. 신생아 뤼시앙이 아델의 카디건에 푹 싸인 채 소파 위에서 잠들어 있다. 리샤르는 허겁지겁 핸드폰 폴더를 닫는다.

그는 단 한 번도 아내의 물건을 뒤진 적이 없다. 사춘기 때 어머니가 아델의 우편물을 열어 연애 편지를 읽곤 했다는 이야기를 아내로부터 들은 적이 있었다. 아델이 학교에 가 있는 동안 어머니라는 사람이 책상 서랍을 뒤지곤 했으며 한번은 침대 매트리스 밑에서 아델의 비밀 일기장을 찾아낸 적도 있다고 했다. 칼끝으로 집요하게 자물쇠를 연 시몬은 바로 그날 저녁 식사 시간에 일기 내용을 읽었다. 시몬은 턱이 빠지도록 웃어댔다고 한다. 하도 웃어서 빈정대는, 끈적거리는 눈물이 뺨을 타고 흘러내렸다고 했다.

"카데르, 이거 안 웃겨? 안 웃기냐고?"

카데르는 아무 말도 하지 않았다. 그렇다고 웃은 것도
아니었다.

리샤르는 이 에피소드가 아델의 현재 성격을 일부나마
설명해준다고 생각했다. 정리정돈 벽, 자물쇠에 대한 집착,
편집증. 핸드백을 침대 옆에 꼭 붙여두고, 검정 수첩을 베
개 밑에 두어야 비로소 잠을 잘 수 있는 것도 이 사건 때문
이라고 그는 생각했다.

그가 핸드폰을 바라본다. 뤼시앙의 사진 위로 '읽지 않
은 메시지'라는 알림이 있다. 노란색 편지 봉투가 깜빡거
린다. 리샤르는 장난감을 붙들려는 뤼시앙을 피하기 위해
한쪽 팔을 높이 든다.

"전화기 줘. 여보세요 할 거야." 뤼시앙이 울부짖는다.

리샤르는 메시지를 읽는다. 지금 온 메시지, 그리고 지
난 메시지들도. 연락처로 되돌아온다. 죄다 남자들 이름뿐
인 어이없는 리스트를 쫙 펼쳐본다.

아델이 곧 돌아올 것이다. 그의 머릿속엔 오로지 그 생
각뿐이다. 아델이 돌아올 것이고, 그는 이 사실을 아델이
알게 하고 싶지 않다.

"뤼시앙, 이 전화기 어디서 찾았어?"

"어디서?"

"어디서? 착하지, 우리 아들. 전화기 어디서 찾았어?"

"어디?"

리샤르가 아이의 어깨를 잡아 흔들며 고함친다.

"아가, 이거 어디 있었냐고? 어디 있었어, 이 전화기가?"

아이는 아빠를 외면한다. 입을 삐죽거리며, 고개를 숙이고 오동통한 손가락으로 소파를 가리킨다.

"저기. 아래."

"밑에?"

뤼시앙이 고개를 끄덕인다. 리샤르는 두 손에 체중을 실어 바짝 엎드린다. 깁스가 마룻바닥에 쿵 하고 부딪힌다. 그가 몸을 눕혀 고개를 돌려 소파 밑을 본다. 봉투, 분홍색 가죽 장갑, 오렌지색 상자.

브로치.

목발을 잡아 브로치를 자기 쪽으로 끌어온다. 그는 고통스럽다.

"이리 와봐, 뤼시앙. 재미있는 놀이 하자. 아빠가 지금 바닥에 있지? 트럭 놀이 해볼까? 좋아? 아빠랑 같이 놀까?"

리샤르가 그녀와 함께 잠든다. 밥을 먹는 그녀를 바라본다. 그녀가 샤워를 할 때, 그는 물 흐르는 소리를 듣는다. 그녀를 서재로 부른다. 그녀의 옷차림에 대해, 그녀의 향수에 대해 지적한다. 매일 저녁, 다분히 성질이 난 목소리로 그녀를 취조한다.

"누구 만났어? 뭐 했는데? 왜 이제 와?"

그는 며칠 기다렸다가 주말에 짐을 싸자는 아델의 제안을 거부한다. 그게 아델의 화를 돋운다는 걸 잘 알고 있다. 하루가 가고 또 하루가 갈수록 그가 어떤 서류, 어떤 증거, 어떤 과오와 맞닥뜨리게 될까 봐 그녀는 두렵다. 그는 집

매매 계약서에 서명을 했고 아델은 계약서에 이니셜을 적었다. 그는 이삿짐 센터를 물색해 선금을 지불했다. 그가 뤼시앙의 유치원 입학 절차를 맡았다.

자신이 알아낸 것에 대해 리샤르는 아무 말도 하지 않는다.

그는 아델이 옷을 갈아입고 있는 방에 들어갔다가 목덜미 언저리에서 긁힌 자국을 발견한다. 팔꿈치 바로 위, 그녀를 움켜쥐고 못 가게 잡았을 엄지손가락 형태의 멍 자국. 손에 쥐가 나도록 목발을 잡은 손에 힘을 꽉 주고 얼굴이 종잇장처럼 창백해진 그가 문틈에 서서 움직이지 않는다. 그는 커다란 회색 수건으로 몸을 가리고 여자애들처럼 팬티를 입는 그녀를 바라본다.

밤이 되면, 그녀의 곁에 누워 타협에 대해 생각한다. 협의, 조정 같은 것에 대해. 그 누구도 이야기를 꺼낸 적 없으나 누구도 모르지 않았던 그의 부모님 사이의 일에 대해. 시내에 얻어둔 작은 원룸에서 매주 금요일 오후면 30대 여자를 만나곤 했던 앙리에 대해. 어느 날 오딜이 알게 되었다. 그들은 부엌에서 해명하고 또 했다. 솔직담백하고 감동마저 느껴졌던 그들의 설명을 방에 있던 사춘기 소년 리샤르는 단편적으로 엿들었다. 아이들의 행복을 위해, 체면을 지키기 위해 그들은 서로 합의했다. 앙리는 결국 원룸을 정리했고, 오딜은 당당하고 위엄 있게 그를 다시 가족의 품으로 맞아들였다.

리샤르는 아무 말도 하지 않는다. 털어놓을 누군가가 아무도 없다. 순진하기 짝이 없는 남편, 마누라를 바람으로 빼앗긴 그의 얼굴에 던져질 시선을 감당할 수 없을 것 같다. 그 어떤 충고도 듣고 싶지 않다. 특히 연민을 원하지 않는다.

아델이 그의 세상을 찢어발겼다. 그녀가 가구의 다리를 전부 톱질했으며 거울에 흠집을 냈다. 세상을 향한 애착을 망쳐버렸다. 추억이며 약속이며 하는 것들 모조리 제 가치를 상실했다. 그들의 삶은 부질없는 거품이 되었다. 그는 스스로에게 이루 말할 수 없는 혐오감을 느꼈다. 그녀를 향해서는 더욱 그랬다. 그는 이제 모든 것을 새로운 눈으로, 슬프고 추잡한 눈으로 보게 되었다. 그가 아무 말도 하지 않는다면 어쩌면 그들의 생활은 그럭저럭 유지될 수도 있다. 근본적으로 그가 그토록 땀 흘려 이루어낸 기반들이야 어찌되든 간에. 삶의 연대, 성스러운 진솔함과 가증스러운 투명성이야 어찌되든 간에. 그가 입을 열지만 않는다면, 그들의 삶은 그럭저럭 유지될 것이다. 물론 두 눈을 감고 있기만 하면. 그리고 잠을 자는 것이다.

그러나 수요일이 되자, 그는 한자리에 가만히 있지 못한다. 오후 5시, 아델의 문자 메시지를 받는다. 원고 최종본 상태가 마뜩지 않아 야근을 해야 한다고 한다. 그는 고민하지 않고 답장을 보낸다. '집에 들어와. 나 많이 아파. 당신이 필요해.' 그녀에게서 답이 없다.

저녁 7시, 그녀가 아파트 현관을 연다. 붉게 충혈된 그녀의 눈동자는 애써 리샤르를 바라보지도 않는다. 잔뜩 짜증난 목소리로 그녀가 묻는다.

"무슨 일이야? 많이 안 좋아?"

"응."

"약 안 먹었어? 내가 뭘 어떻게 해줄까?"

"아니야. 해줄 건 아무것도 없어. 그냥 당신이 여기 같이 있었으면 했어. 혼자 있기 싫어서."

그가 두 팔을 벌리며 소파 옆자리에 앉아달라는 눈짓을 한다. 아델이 다가온다. 뻣뻣하고 차가운 그녀를 목이라도 조를 듯 세게 끌어안는다. 그녀가 떨고 있다는 걸, 허공에 시선을 주고 있다는 걸 느낀다. 끓어오르는 증오심으로 그가 그녀를 끌어안는다.

서로의 품속에서 그들은 다른 곳에 있고 싶어 한다. 그들의 혐오는 서로 뒤섞이고, 진짜를 가장한 애정은 사실 증오의 얼굴을 하고 있다. 그녀가 리샤르의 품에서 빠져나가려 할수록 그는 팔에 더욱 힘을 준다. 그녀의 한쪽 귀에 대고 그가 말한다.

"아델, 브로치 한 번도 안 했지."

"브로치?"

"내가 사준 브로치. 한 번도 안 했어."

"자기 교통사고 난 뒤로 그럴 기회가 없었어."

"해봐, 아델. 브로치 단 모습을 보면 정말 기분 좋을 것 같아."

"다음에 외출할 때 할게. 약속해. 당신이 원한다면 내일 출근할 때 할 수도 있고. 리샤르, 이제 일어나야겠어. 저녁 준비 해야지."

"안 돼. 앉아 있어. 거기 가만히." 그가 명령한다.

아델의 팔을 붙잡아 손가락을 조인다.

"아파."

"싫어?"

"도대체 왜 이러는 거야?"

"자비에는 이렇게 안 하나 보지? 이런 장난 안 쳐?"

"지금 무슨 소리 하는 거야?"

"이런, 이제 그만해. 역겨우니까. 할 수만 있다면 당신을 죽이고 싶어. 목을 졸라서."

"리샤르."

"입 닥쳐. 특히, 그 입을 좀 닥치라고. 목소리만 들어도 토할 것 같아. 너한테 나는 냄새가 역겨워. 너는 짐승이고 괴물이야. 다 알아냈어. 다 읽었다고. 그 추잡한 메시지들. 메일도 찾았고 다 뜯어 맞췄지. 하나하나 내 머릿속에 다 있어. 네 거짓말이 섞이지 않은 건 하나도 없어."

"리샤르."

"그만! 내 이름을 그렇게 바보처럼 부르지마! 왜, 아델? 왜지? 당신은 나에 대해, 우리의 인생에 대해, 우리 아들에 대해 일말의 존중도 없어……."

리샤르는 이내 흐느끼기 시작한다. 그가 떨리는 손을 눈두덩이로 가져간다. 아델이 일어선다. 남편이 우는 모습에 그녀는 돌처럼 굳는다.

"당신이 이해할지 모르겠지만, 내 말을 믿을 수 있다면 좋겠어. 리샤르, 당신이 싫어서가 아니야. 당신이 싫었던 적은 단 한 번도 없었어. 믿어줘. 그렇게 할 수밖에 없었던 거야. 나 자신보다 더 힘센 어떤 게 날 움직여."

"너보다 더 힘센 어떤 거라고? 정말 못 들어줄 말이다. 이 일을 또 누가 알고 있어?"

"아무도 몰라. 정말."

"거짓말 집어치워! 지금까지 망쳐놓은 게 보이지도 않아? 거짓말 그만해."

"로렌. 로렌만 알고 있어." 아델이 웅얼거린다.

"더는 너를 못 믿어, 절대로."

그는 목발을 붙들어 몸을 일으키려 해보지만, 너무 흥분한 나머지 다리가 떨려 소파 위에 그대로, 무기력하게 주저앉고 만다.

"제일 역겨운 게 뭔 줄 알아? 너 자신을 바로 네가 감싸고 돈다는 거야. 일어서서 너를 후려치고 네 면상에 네 물건들을 던져버리고, 암캐처럼 밖으로 쫓아내버릴 힘조차 내겐 남아 있지 않다는 거야. 울어? 더 이상 할 수 있는 게 없으니 울어도 되겠지. 네 눈물을 못 참겠어. 네 눈알을 뽑아버리고 싶어. 도대체 나한테 무슨 짓을 한 거야? 이 추잡한 얘기 속에 나를 뭘로 만든 거냐고? 등신? 바람난 마누라를 둔 남편? 불쌍한 놈? 나를 더 고통스럽게 만든 게 뭔 줄 알아? 이 까만 수첩. 맞아, 네 책상에 있던 까만 수첩 말야. 네가 쓴 거 다 읽었어. 권태에 대한 것, 허접한 부르주아의 생활에 대한 것. 남자 한 트럭이랑 나자빠져 잔 것도 모자라서 너는 우리가 공들여 만든 걸 깡그리 멸시했어. 내가, 내가 이뤄낸 것들, 너한테 부족하지 않게 해주려고 개처럼 일하면서 내가 만든 모든 걸. 난 어떨 거라고 생각해? 이런 빌어먹을 삶 속에서 어떤 꿈도 안 꾸고 산다고 생각하는 거야? 나는 꿈도 없고 도망치고 싶은 마음도 없을 거라 생각해? 네 말처럼 나는 로맨스도 없는 남자라고 생각해? 그래, 눈물이 난다. 이대로 죽고 싶을 정도로 눈물이 나. 너는 이 세상에서 찾아낼 수 있는 온갖 변명을 다 갖다 댈 수 있겠지. 아델, 넌 창녀야. 인간 쓰레기라고."

아델의 몸이 벽을 타고 주르륵 무너져 내린다. 그녀가 흐느낀다.

"어떨 거라고 생각했어, 어? 그런식으로 계속 살 수 있을 거라고? 내가 죽을 때까지 모를 거라고? 이거 알아? 언젠가는 거짓말에 대한 대가를 치르게 되는 법이야. 그러니 너도, 너도 값을 치를 거야. 파리에서 제일 유능한 변호사를 고용하겠어. 그리고 너를 박살낼 거야. 너는 빈털터리가 되겠지. 뤼시앙 양육권을 가질 수 있을 거라고 생각한다면 차라리 네 눈깔을 손가락으로 찔러. 아델, 너는 네 아들을 다시는 못 보게 될 거야. 너한테서 아주 멀리 데려가서 살 거라고, 알아들어?"

섹스를 할 때 남자들은 자기 성기를 바라보곤 한다. 양 팔을 받치고 머리를 숙인 다음 여자의 몸속으로 침투하는 자기 성기를 관찰한다. 잘되고 있는지 확인하는 것이다. 이토록 간단하면서도 동시에 효과적인 메커니즘에 만족 감을 느끼며 몇 분 동안 이 동작을 감상한다. 이러한 자기 응시, 자기로의 회귀 속에 모종의 흥분이 존재한다는 것을 아델은 알고 있다. 그리고 또한, 그들이 관찰하는 게 비단 자신들의 성기만이 아니라 아델의 것이기도 하다는 것도.

아델은 계속 허공을 바라보았다. 샹들리에의 움직임에

따라 몰딩 라인을 따라가며 천장을 꼼꼼히 살폈다. 옆으로 길게 누워 남자의 어깨 위에 두 발을 얹고 아델은 눈을 들었다. 페인트가 벗겨진 구석에서 나는 바스락 소리를 구분했고, 누수를 찾아냈으며, 한 번은 어린이 방으로 쓰였던 거실에서 플라스틱 별을 헤아렸다. 몇 시간 동안 그녀는 아무것도 없는 천장을 응시했다. 이따금 그늘이, 아니면 간판 불빛이 비추어 그녀의 시선 속에 찾아 들어와 기분 전환이 되어주기도 했다.

뤼시앙이 방학을 맞고부터 아델은 보리수나무 오솔길에 스펀지 매트리스를 펼쳐둔다. 그곳에서 점심 도시락을 먹은 다음 나무 그늘 아래에 누워 낮잠을 잔다. 뤼시앙은 엄마에게 몸을 꼭 붙이고 내일도 오늘처럼 밖에서 낮잠을 자겠다는 약속을 받아내며 스르르 잠이 든다. 눈에 하늘을 가득 담아 바라보며, 아델이 기꺼이 약속을 승낙한다. 나뭇잎들의 가벼운 움직임에 그녀의 동공이 흔들린다.

"크리스틴? 크리스틴? 내 말 들려요?"

리샤르가 고함친다.

알비노 올빼미를 닮은 금발의 비서가 진료실로 들어
선다.

"아, 죄송해요, 박사님. 뱅슬레 부인의 서류를 찾던 중이
었어요."

"우리 와이프한테 전화 좀 걸어줄래요? 연락이 통 안 돼
서요."

"자택으로 전화 드릴까요?"

"예, 그렇게 해주세요, 크리스틴. 핸드폰으로도 해주시

고요."

"외출하신 건 아닐까요. 날씨가 이렇게 좋은데……."

"전화해봐요, 크리스틴."

리샤르의 진료실은 시내 중심에 위치한 병원 2층이다. 몇 달 새 로빈슨 박사는 실력뿐 아니라 친절한 진료 태도로 단골 환자를 꽤 확보했다. 일주일에 세 번씩 외래환자를 받고 목요일과 금요일 아침엔 수술을 한다.

현재 시간은 11시, 유난히 분주한 오전이다. 어린이 환자 망소의 어머니에게는 아무 말도 하지 않았지만, 아이의 증세는 퍽 심각했다. 이런 문제에 관한 한 리샤르의 직감은 어긋나는 법이 없었다. 다음 환자 그라몽 씨는 환자 의자에서 엉덩이를 뗄 기미가 없었다. 자신은 피부과 의사가 아니라고 리샤르가 몇 번이고 설명했음에도 노인은 그에게 한사코 주근깨를 보여주며 의사들은 죄다 도둑놈들이어서 이런 걸 안 해줄 거라고 떼를 썼다.

"박사님, 사모님이 전화를 안 받으세요. 박사님께 전화 좀 부탁한다고 메시지 남겼어요."

"어떻게 된 거야, 전화를 안 받는다고? 어떻게 그럴 수 있지! 이런 빌어먹을!"

알비노 올빼미가 동그란 눈동자를 또르륵 굴린다.

"저는 모르죠. 말씀해주신 적이 없어서……."

"아, 미안해요, 크리스틴. 잠을 잘 못 자서. 그라몽 씨 때문에 열을 잔뜩 받아서 내가 무슨 말을 하고 있는 건지 모르겠어요. 다음 환자 들여보내요. 손 좀 닦고 올게요."

그는 개수대에 몸을 숙이고 두 손을 찬물에 담근다. 건조한 피부는 하도 문질러 씻어서 각질이 앉았다. 그는 비누 거품을 낸 다음 한 손을 다른 손 위로 포개어가며 광적으로 문지르고 또 문지른다.

그는 두 팔을 의자 팔걸이 위에, 두 다리는 쭉 뻗은 채로 진료 책상에 앉는다. 그는 사고 이후 반년이 지났음에도 여전히 뻣뻣하게 느껴지는 두 무릎을 서서히 접어본다. 비록 모두가 티가 안 난다고 말해주지만, 아주 약간씩 다리를 전다는 걸 그도 잘 알고 있다. 그의 걸음은 느리고 약간씩 흔들린다. 밤이 되면 그는 달리는 꿈을 꾼다. 개꿈이다.

방금 맞은편에 앉은 환자의 음성이 가까스로 들린다. 오십 줄의 짜증 많은 여자, 탈모를 감추려고 머리를 틀어올렸다. 진찰대에 누워보라고 한 다음 환자의 배에 두 손을 얹는다.

"여기, 통증이 있어요?"

"다 좋아요. 어쨌든 심각한 문제는 아무것도 없어요."

그가 말을 마쳤을 때 환자는 다소 실망스러운 표정을 지었다. 그는 아무것도 알아채지 못했다.

오후 3시, 그가 병원을 나선다. 구불구불한 길을 차가 매우 빠르게 달린다. 입구에서 차가 자갈 위로 미끄러진다. 두 번에 걸쳐 들어가야 한다. 일단 후진을 했다가 정원으로 들어가기 위해 액셀을 밟는다.

아델이 풀밭에 누워 있다. 뤼시앙은 엄마 옆에서 노는 중이다.

"계속 전화했어. 왜 전화를 안 받아?"

"둘 다 잠들었었어."

"무슨 일이라도 생긴 줄 알았잖아."

"아니야."

그가 아델에게 손을 내밀어 일어나는 것을 거든다.

"사람들이 저녁 먹으러 오는 게 오늘이야."

"아, 취소 안 하려고? 그냥 셋이 있자. 그게 훨씬 좋잖아."

"안 돼. 약속 시간이 코앞인데 취소하면 안 되지. 그러는 법은 없어."

"장 보러 가는 데까지 데려다줘, 그럼. 시장까지 걸어가

기엔 너무 멀어."

아델이 집 안으로 들어간다. 문을 세게 닫는 소리가 들린다.

리샤르가 아들에게 다가간다. 아이의 곱슬머리 속으로 손을 넣고 허리를 움켜잡는다.

"오늘 엄마랑 같이 있었어? 뭐 했는지 말해줄래?"

뤼시앙은 그의 손아귀에서 벗어나려 버둥거릴 뿐 아무 대꾸도 하지 않는다. 그러나 리샤르는 고집을 꺾지 않는다. 꼬마 스파이에게 부드러운 눈길을 던지며 묻는다.

"뭐 하고 놀았어? 그림 그렸어? 뤼시앙, 오늘 뭐 했는지 전부 다 말해봐."

정원의 미라벨 나무가 드리운 그늘 아래 아델이 테이블을 차린다. 테이블보를 두 번이나 바꾸었다가 식탁 중앙에 정원에서 꺾은 꽃으로 만든 부케를 가져다놓았다. 부엌 창을 다 열었는데도 공기가 뜨겁다. 뤼시앙이 엄마 곁에 퍼질러 앉아 있다. 아델이 건넨 작은 도마와 플라스틱 칼을 가지고 아이는 삶은 호박을 잘게 자르는 중이다.

"옷을 그렇게 입겠다고?"

아델은 파란색 꽃무늬 원피스를 입고 있다. 가는 끈 두 개가 등 뒤로 엇갈려 어깨와 바싹 마른 팔을 고스란히 드러낸다.

"내 담배 사왔어?"

리샤르가 주머니에서 담배 한 갑을 꺼낸다. 담뱃갑을 열어 아델에게 한 개비 내민다.

"여기다 넣고 있을게. 이렇게 하면 좀 덜 피우게 될 거야."

바지 주머니를 톡톡 두드리며 그가 말한다.

"고마워."

둘은 리샤르가 부엌 바깥쪽 벽에 가져다 둔 벤치에 나란히 앉는다. 아델은 담배만 피울 뿐 말이 없다. 뤼시앙은 삶은 호박을 정성을 다해 땅에 다시 심는 중이다. 그들은 베르동 씨네 집을 살펴본다.

초봄, 한 부부가 언덕 옆집으로 이사 왔다. 우선 남자가 집을 보기 위해 몇 번인가 왔다 갔다. 서재에 난 작은 창을 통해 아델은 정원사 에밀, 부동산 중개인 고데 씨, 그리고 집수리를 맡은 업체 사람들과 이야기를 나누는 한 남자를 볼 수 있었다. 오십 줄에 구릿빛 피부를 가진 건장한 남자였다. 밝은 색상의 스웨터를 입은 남자가 신고 있는 플라스틱 부츠는 이번에 새로 산 것 같았다.

어느 토요일, 트럭 한 대가 비탈길 한쪽에 세워져 있었다. 그전까지는 로빈슨 가족이 그 길의 유일한 이용자였다. 아델과 리샤르는 벤치에 앉아 한창 이사 중인 부부를 관찰했다.

"파리 사람들이야. 주말에만 온대."

리샤르가 설명해주었다.

일요일 오후, 그들에게 인사차 들러본 것도 리샤르였다. 뤼시앙의 팔을 붙들고 일부러 길을 건너가 인사를 했다. 그리고 뭐 도울 일이 없는지도 물었다. 이따금 집을 살펴봐주겠다고 했다. 문제가 있을 때는 전화를 주겠다고도. 그리고 자리를 뜨면서 저녁 식사에 그들을 초대했다.

"어느 주말에 내려오실지 계획 잡히는 대로 알려주세요. 초대에 응해주시면 아내나 저나 무척 기쁠 겁니다."

"근데 무슨 일을 한대?"

"남자는 내 생각에 안경사인 것 같아."

베르동 씨 부부가 길을 건넌다. 여자의 손에 샴페인 병이 들려 있다. 리샤르가 일어나 아델의 허리에 손을 두르고 그들에게 인사를 건넨다. 뤼시앙은 엄마 다리에 껌딱지처럼 붙어 있다. 그는 엄마의 한쪽 허벅지에 얼굴을 파묻는다.

"안녕, 꼬마야."

여자가 아이를 보고 상체를 굽힌다.

"인사 안 해주니? 나는 이자벨이야. 네 이름은 뭐니?"

"애가 수줍음이 많아요." 아델이 미안해한다.

"아, 괜찮아요. 나도 셋이나 겪어서 어떤 건지 잘 알지요. 실컷 누리세요! 우리 애들은 파리를 안 떠나려고 해요. 다 늙은 부모랑 주말을 보내고 싶어 하지도 않고."

아델이 부엌으로 돌아간다. 이자벨이 따라가려 하자 리샤르가 저지한다.

"이리 와서 앉으세요. 집사람은 다른 사람이 부엌에 들어오는 걸 안 좋아해요."

파리에 대해, 17구에 있는 니콜라 베르동 씨의 매장에 대해, 광고 대행사에서 일한다는 이자벨의 직업에 대해 나누는 대화가 아델의 귀에 들려온다. 이자벨은 남편보다 연상으로 보인다. 목소리가 크고 웃음이 헤프다. 시골이고 한여름인데 이자벨은 우아한 검정 실크 블라우스를 입었다. 거기에 귀걸이까지. 리샤르가 로제와인을 따라주려 하자 섬세한 동작으로 와인 잔에 손을 얹는다.

"저는 그만 마실게요. 더 마시면 취할 것 같아서."

졸졸 따라다니는 뤼시앙과 함께 아델이 돌아와 합석한다.

"리샤르 말로는 파리에서 오신 거라면서요? 와, 집이 정말 좋네요. 흙, 돌, 나무…… 전부 진짜들만 있잖아요. 내가 꿈꿔온 퇴직 후의 삶이 여기 다 있어요."

니콜라는 흥분 상태다.

"예, 정말 좋은 집이에요."

모두의 시선이 리샤르가 두 그루씩 마주 보도록 심어놓은 보리수나무 오솔길 쪽을 향한다. 태양이 나뭇잎 사이를 가르면서 정원에 민트 잎을 띄운 물 같은 야광 빛을 퍼뜨린다.

리샤르는 본인의 직업에 대해, 그가 '의사의 비전'이라 부르는 것에 대해 이야기한다. 환자들에 대한 이야기, 아델에게는 한 번도 털어놓은 적 없는 우습고 감동적인 환자와의 만남. 아델은 눈을 깔고 가만히 듣는다. 손님들이 어서 떠났으면, 그리고 둘만, 상큼한 저녁 공기 속에 둘만 남았으면 하는 마음이 간절하다. 아무 말 없이, 어쩌면 조금 화가 난 채로 식탁 위에 놓인 와인을 마무리했으면. 그래서 한 사람 한 사람씩 위층으로 올라가 잠자리에 들었으면.

"아델, 직장 다녀요?"

"아니요. 전엔 파리에서 기자 생활을 했어요."

"그립지 않아요?"

리샤르가 말을 자른다. "주당 48시간씩 일하고 베이비
시터랑 똑같은 월급을 받는 일, 글쎄요, 그게 할 만한 일일
까요?"

"담배 한 대만 줄래?"

리샤르가 주머니에서 담뱃갑을 꺼내어 식탁 위에 놓는
다. 그는 얼큰하게 취했다.

모두 맛을 모르고 식사를 한다. 아델은 요리에 재능이
없다. 손님들은 헛된 찬사를 늘어놓지만, 고기는 너무 익
었고, 채소는 간이 되지 않은 걸 누구보다 아델이 잘 알고
있다. 이자벨은 음식이 목에 걸릴까 봐 두려운 듯 잔뜩 굳
은 얼굴로 아주 천천히 씹는다.

아델은 쉬지 않고 담배를 피운다. 니코틴으로 입술이 푸
르스름해졌다. 니콜라의 질문을 받자 아델이 양 눈썹을 치
켜세운다.

"저기, 아델. 그쪽에 있으니 잘 아실 텐데요, 이집트의
시국에 대해 어떻게 생각해요?"

신문을 안 읽은 지 이미 오래라는 말을 아델은 하지 않
는다. 텔레비전을 켜지 않는다고도. 더 이상 영화를 못 보
겠다는 말도. 스토리, 사랑, 베드신, 나체가 아델은 이제 너

무 두렵다. 세상의 움직임을 감당하기엔 그녀의 신경이 너무 예민하다.

"이집트는 전문 분야가 아니에요. 근데⋯⋯."

"반면." 리샤르가 정정한다.

"그래, 반면에. 튀니지 일을 많이 했어요."

대화는 시시해지고 알맹이가 없어지면서 점점 늘어진다. 서로를 잘 모르는 사람들이 위험 없이 나눌 수 있는 주제가 바닥나자 더 이상 할 말이 없어진다. 포크 소리와 음식 삼키는 소리가 들린다. 아델이 입술에 여전히 담배를 문 채 양손에 접시를 들고 자리에서 일어난다.

"야외는 피곤해요."

베르동 부부는 똑같은 농담을 세 번씩 반복하다가 결국 자갈 오솔길에 서서 두 팔을 크게 휘젓는 리샤르에게 거의 내쫓기다시피 자리를 뜬다. 리샤르는 집으로 돌아가는 부부를 바라보며 생각한다. 이 지리한 부부는 무슨 비밀을, 무슨 균열을 감추고 있는 걸까.

"어떤 것 같아?"

리샤르가 아델에게 묻는다.

"글쎄, 친절한데."

"남자는? 남자는 어떻게 보여?"

아델은 개수대에서 눈을 들지도 않는다.

"벌써 말했잖아. 친절한 사람들 같다고."

아델이 방으로 올라간다. 창문을 통해 덧창을 닫는 베르동 부부의 모습이 보인다. 아델은 침대에 누워 움직이지 않는다. 그를 기다린다.

단 한 번도 그들은 침실을 따로 둔 적이 없었다. 밤마다 아델은 그의 숨결, 코 고는 소리, 두 사람의 생활이 빚어내는 이 모든 탁한 소리를 듣는다. 아델은 두 눈을 감고 몸을 아주 작게 움츠린다. 얼굴을 침대 가장자리에 두고, 한쪽 손은 허공에 둔 채 감히 몸을 돌릴 엄두를 내지 못한다. 한쪽 무릎을 펴고 팔을 뻗고 잠든 척하면서 그의 살갗을 살그머니 스치듯 만져볼 수도 있을 것이다. 그렇지만 아델은 움직이지 않는다. 건드리는 날엔, 설령 부주의한 접촉일지라도 리샤르가 불같이 화를 낼 테니. 지금까지의 생각을 바꿔 아델을 집에서 쫓아낼 것이다.

남편이 잠들었다는 확신이 들고 나서야 아델은 몸을 돌린다. 너무나 약해 보이는 방, 살며시 흔들리는 침대 속의 그를 바라본다. 그 어떤 동작도 이제는 순수할 수가 없다. 아델은 그에게서 공포를, 동시에 무한한 기쁨을 느낀다.

인턴 시절 리샤르는 피티에 살페트리에르 병원 응급실에서 수습 생활을 한 적이 있다. 사람들이 "여기 있으면 의사나 인간의 본성에 대해서 진짜 많이 배워."라고 말하곤 하는 그런 종류의 수습 생활이었다. 리샤르는 특히 독감, 교통사고, 폭행 피해자, 신경질환 환자 등을 담당했다. 수습이 끝나고 나면 비범한 인물이 되어 있을 거라고 생각했다. 하지만 수습 기간은 뿌리 깊은 지루함 그 자체였을 뿐이다.

그날 밤 그에게 맡겨진 한 남자를 리샤르는 아주 또렷하게 기억한다. 바지에 똥을 잔뜩 묻힌 거지였다. 눈동자가 허옇게 뒤집히고 입술에는 거품을 문 남자의 몸이 부들부들 떨렸다.

"경련인가요?"

리샤르가 상관에게 물었다.

"아니, 금단 증상이야. 알코올 중독으로 인한 섬망증."

술을 마시지 못하면 중증 알코올 의존자들은 참을 수 없는 폭력을 동반하는 금단 증상에 빠지게 된다.

"보통 알코올 의존자들은 금주 후 사흘에서 닷새 사이에 환각을 보게 되지. 주로 뱀이나 쥐 같은 포복동물을 보는 거야. 극심한 방향상실 상태에 빠지고 편집광적 정신착란에 시달려. 흥분발작의 먹이가 되는 셈인데. 이상한 목소리를 듣는 사람, 간질 발작을 하는 사는 사람 등 증상은 가지가지야. 치료를 못 받으면 즉각 숨이 끊어져. 주로 밤에 더 심해지니까 돌봐줄 사람이 있는 게 좋아."

리샤르는 벽에다 머리를 부딪히고 뭔가를 쫓으려는 듯 두 팔로 허공을 휘젓는 거지를 돌보았다. 그가 다치지 않도록 붙잡아주고 진정제를 처방해주었다. 오물로 더러워진 거지의 바지를 초연한 얼굴로 자른 다음 그의 몸을 문질러주었다. 얼굴을 닦아주고 토사물이 말라붙은 수염을 잘라주었다. 목욕까지 말끔히 시켰다.

아침이 되어 어느 정도 제정신이 돌아온 환자에게 리샤르는 설명을 해주고자 했다.

"그런 식으로 술을 끊어서는 안 됩니다. 잘 알고 계시다시피 금주는 아주 어려운 일이에요. 다른 선택의 여지가 없어서라는 걸 모르는 건 아니지만, 치료법이 있어요. 환자분 같은 케이스에 적용할 수 있는 사례가 있어요."

남자는 리샤르를 쳐다보지 않았다. 보랏빛으로 퉁퉁 부은 얼굴, 황달기가 완연한 남자의 눈. 생쥐 한 마리가 등을 타고 기어오르기라도 하는 듯 그의 몸이 이따금 파르르 떨렸다.

15년 정도 경험이 쌓이자 로빈슨 박사는 비로소 인간의 몸에 대해 안다고 말할 수 있게 된다. 어떤 장면을 봐도 혐오를 느끼지도, 겁을 내지도 않게 되었다. 증상을 간파하고 징후를 통해 진단을 내릴 수 있다. 치료법을 찾는 것. 심지어 이제는 고통의 정도를 가늠하여 환자에게 이렇게 말하기도 한다.

"1에서 10까지의 단계가 있습니다. 이 중 환자분이 느끼는 고통은 몇 번에 해당합니까?"

아델 곁에서, 그는 그 어떤 징후도 보이지 않던 질병을 이겨낸 것만 같은, 몸은 망가뜨리지만 이름이 없는 휴면 암세포라도 겪고 난 것만 같은 느낌에 빠졌다. 이 집으로 이사 왔을 때 그는 아델이 무너질 거라 생각했다. 그녀가 증상을 보일 거라고. 약물을 빼앗긴 중독자들이 전부 그렇 듯 아델도 이성을 잃을 거라고 생각했고 거기에 맞춰 대비 했다. 아델이 난폭해져서 그에게 주먹을 날린다면, 오밤중 에 일어나 악을 쓰기 시작한다면 어떻게 해야 할지 잘 알 고 있다고 생각했다. 그녀가 자해를 하거나 손톱 밑으로 칼을 쑤셔 넣을 경우. 그는 과학적으로 대처할 것이고 약 을 처방할 것이었다. 그가 그녀를 구원할 것이었다.

아델과 맞서던 그날 저녁, 영혼까지 털린 건 리샤르였 다. 두 사람의 앞날에 대해 그는 그 어떤 것도 결정하지 않 았다. 그저 짐을 내려놓고 그의 두 눈 앞에서 무너지는 아 델을 보고 싶었을 뿐이다. 극심한 쇼크 상태에 할 말을 잃 은 그는 아델의 수동적인 모습에 더욱 분노했다. 아델은 변명조차 하지 않았다. 단 한 번이라도 아니라고 부정하려 들지 않았다. 아델은 마치 비밀이 발각되어 벌 받을 준비 를 하면서 오히려 안도하는 어린아이와도 같았다.

아델이 와인을 한 잔 따라 마셨다. 그리고 담배를 한 대

피운 뒤 말했다.

"당신이 하자는 대로 할게."

그러곤 또 횡설수설했다.

"토요일이 뤼시앙 생일인데."

그도 기억하고 있었다.

오딜과 앙리가 파리로 올 것이었다. 클레망스와 사촌들, 한 무리의 친구들에게 몇 주 전부터 이미 알려둔 터였다. 리샤르는 취소를 감행할 용기가 없었다. 그렇게 하면 그만 우스운 꼴이 될 것 같았다. 무너져가는 삶 앞에서 이런 세속적 약속 따위가 무슨 소용이란 말인가. 그럼에도 그는 유일한 생존의 널빤지처럼 거기에 매달렸다.

"일단 계획대로 생일 파티를 하고, 그러고 나서 다시 얘기해."

그가 아델에게 지침을 내렸다. 리샤르는 아델이 뚱해 있거나 우는 모습을 보고 싶지 않았다. 아델은 미소를 머금고, 명랑하며, 완벽해야 한다.

"연극하는 데는 타고난 사람이니까."

아무도 눈치 못 채게 하는 것, 감쪽같이 숨기는 것, 그것만으로도 그녀를 고통스럽게 하는 데는 충분할 것이었다. 아델이 가족을 떠나야 한다면 진부한 시나리오라 해도 어떤 변명거리를 찾아내야 한다. 서로 성격이 안 맞았다라든 가. 리샤르는 아델로부터 아무에게도 이 일에 대해 말하지 않겠다는 약속을 받아냈다. 그리고 그의 앞에서는 그 어떤 경우에도 로렌의 이름을 입에 담지 않겠다고도.

토요일이 되자 그들은 침묵 속에서 풍선을 불었다. 아파트를 장식했으며, 리샤르는 미친 망아지처럼 이 방 저 방을 뛰어다니는 뤼시앙에게 소리 지르지 않으려고 초인적인 노력을 기울였다. 한낮인데도 전에 없이 술잔을 부어대는 리샤르의 모습을 보고 놀란 오딜에게는 아무 대꾸도 하지 않았다.

"지금은 애들이 간식 먹는 시간 아니니?"

뤼시앙은 행복했다. 저녁 7시가 되자 뤼시앙은 선물 받은 장난감 더미 한가운데에서 옷을 그대로 입은 채 곯아떨어졌다. 이제 다시 둘만 마주하게 되었다.

아델이 반짝이는 눈동자에 미소를 띠우며 그에게로 다가왔다.

"그럭저럭 잘 끝났지?"

소파에 길게 누워 리샤르는 거실을 정돈하는 아델을 바라보았다. 그녀의 차분함이 괴기스러워 보였다. 그는 더이상 아델을 감당할 수 없을 것 같았다. 아주 미세한 동작

하나도 눈에 거슬렸다. 잔머리를 귀 뒤로 넘기는 것. 종종 아랫입술 위로 나오는 혀. 마치 던지듯 개수대에 거칠게 접시를 담가두는 버릇. 줄담배. 리샤르는 그녀에게서 어떤 매력도, 어떤 흥미도 찾지 못했다. 그는 그녀를 두들겨 패고, 그녀가 사라지는 걸 보고 싶었다.

리샤르가 아델에게 다가가 단호히 말했다.

"네 물건 다 챙겨서 꺼져."

"뭐라고? 지금? 뤼시앙은 어떻게 하고? 작별 인사도 안 했잖아."

"당장 여기서 나가." 그가 소리쳤다.

리샤르는 목발로 아델을 후려치고 그녀를 방으로 끌고 갔다. 그러고는 가방을 하나 꺼내 단단히 결심한 눈빛으로 한마디 말도 없이 이것저것 손에 잡히는 대로 가방을 향해 집어던지기 시작했다. 욕실로 가서는 아델의 모든 물건을, 그녀의 수많은 향수 병을 한번에 쓸어 가방에 담았다. 아델은 그 앞에 쓰러지듯 무릎을 꿇었다. 하도 울어 퉁퉁 부은 얼굴, 흐느끼느라 끊기고 갈라지는 목소리로 아델은 사정했다. 두 사람 없이는 도저히 살아갈 자신이 없다고. 아들을 빼앗기고는 살 수 없다고. 자신을 용서만 해준다면 세상 어떤 일이든 할 수 있다고 말했다. 나아지고 싶다고,

리샤르에게 두 번째 기회를 얻어내기 위해서라면 뭐든 내놓겠다고도 말했다.

"그 이중생활은 나한테 아무것도 아니었어. 정말이야."

그녀는 리샤르를 사랑한다고 말했다. 그 말고 다른 어떤 남자도 그녀에게 중요했던 적이 없었다고. 그녀가 미래를 계획하고 함께 살기로 마음먹은 사람은 오로지 리샤르뿐이었다고.

동전 한 푼, 일거리 하나, 불로뉴쉬르메르의 음산한 친정집으로 돌아가는 것 말고는 다른 방법 하나 없이 아델을 거리에 내동댕이치겠다. 리샤르는 본인이 충분히 독한 사람이라고 생각했다. 적어도 1분 전까지만 해도 엄마에 대해 물어올 뤼시앙에게 태연하게 대답할 수 있을 거라고 자신했다. '엄마가 좀 아파. 병이 나으려면 좀 먼 데 가서 쉬어야 해.'라고. 그러나 결국 리샤르는 그렇게 모질지 못했다. 현관문을 열지도, 아델을 그의 인생에서 제거해버리지도 못했다. 그리고, 그의 곁이 아닌 다른 데서 그녀가 계속 존재해나간다는 생각을 참을 수 없었다. 그의 분노만으로는 충분하지 않은 것처럼. 마치 두 사람을 이렇게 극단적인 광기로 이끈 것의 정체를 마침내 이해하고 싶기라도 한 것처럼.

그가 가방을 집어던졌다. 애원하는 그녀의 눈을, 겁에 질린 그녀의 두 눈을 노려보다가 악착같이 매달린 아델을 떨쳐내려 한쪽 다리를 걷어찼다. 그 바람에 아델이 힘없이 나가떨어지자 마침내 리샤르는 집을 나섰다. 바깥바람이 살을 엘 듯 차가웠지만, 리샤르는 아무 느낌이 없었다. 목발을 잡은 두 손에 단단히 힘을 주고, 길을 따라 택시 정류장이 있는 곳까지 천천히 내려갔다. 뒷자리에서 깁스한 발을 편하게 뻗을 수 있도록 택시 기사가 거들어주었다. 리샤르는 기사에게 지폐 한 장을 내밀며 출발하자고 말했다.

"음악 좀 꺼주십시오."

택시는 강을 따라, 강 이쪽에서 저쪽을 횡단하는 다리를 지나며 구불구불한 도로 위를 마냥 달렸다. 바짓단에 고통을 매달고 그가 달렸다.

잠시라도 계속 앞으로 달리지 않으면 슬픔으로 무너져 내릴 것만 같았다. 숨을 쉴 수도, 아주 미세한 동작도 할 수 없을 것만 같았다. 택시 기사가 마침내 그를 생 라자르 역 근처에 내려주었다. 리샤르는 맥줏집으로 들어갔다. 연극을 보고 나온 나이 지긋한 커플, 떠들썩한 여행객들, 새로운 삶을 찾아 나선 이혼녀들로 맥줏집 내부가 벅적거렸다.

누군가에게 전화해 그 어깨에 기대 울 수도 있었을 텐

데. 그렇지만 그가 어떻게, 뭐라고 말할 수 있었을까? 그가 세상 누구에게도, 그 어떤 말도 털어놓지 않는 것을 두고 아델은 틀림없이 수치심 때문이라고 생각했다. 우정 어린 연민을 찾아 나서기보다는 체면을 지키는 게 더 중요한 사람이기 때문이라고도 생각했다. 엄한 놈한테 마누라를 빼앗긴 한심한 녀석이라는 치욕스러운 말을 듣고 싶지 않아서라고. 하지만, 정작 리샤르는 타인의 시선 따위엔 콧방귀도 뀌지 않았다. 사람들이 아델에 대해 수군대는 것, 그녀를 저들만의 틀에 가두고 규정하는 것, 그녀의 슬픔을 희화하는 것. 리샤르의 걱정은 거기에 있었다. 그보다 더 큰 두려움이 있다면 사람들이 그에게 결단을 강요하는 처지에 놓이는 것이다. 그들은 이렇게 말할 것이다. 아주 당연하다는 듯. '리샤르, 상황이 그 정도라면 다른 방법이 없어. 그녀를 버리는 수밖에.' 입 밖으로 꺼내는 것, 그로 인해 세상 일들은 다시는 돌이킬 수 없어진다.

그는 아무에게도 전화하지 않았다. 혼자서, 몇 시간 동안 술잔을 바라보고만 있었다. 홀이 거의 텅 비었고, 새벽 2시가 다 된 시간이며, 하얀 앞치마를 두른 나이 지긋한 종업원이 그가 어서 계산을 하고 나가주기만을 기다리고 있다는 걸 모를 만큼 오랫동안.

리샤르는 집으로 돌아왔다. 아델은 뤼시앙의 침대에서 잠들어 있었다. 이상한 건 하나도 없었다. 끔찍하리만큼 모든 게 정상이었다. 그로서는 도무지 극복할 수 없는 일이었다.

다음 날, 그가 진단을 내렸다. 아델은 많이 아팠고, 치료가 필요하다고.

"담당 의사를 찾아야겠어."

이틀 후, 리샤르는 아델을 끌고 검사실로 데려가 10여 가지 피검사를 받게 했다. 모든 게 정상이라는 검사 결과가 나왔을 때, 리샤르가 한마디로 정리했다.

"운이 좋은 줄 알아."

이제 리샤르의 질문이 시작되었다. 헤아릴 수 없을 만큼 많은 질문이 아델에게 쏟아졌다. 미심쩍은 부분을 확인하기 위해 한밤중에도 그녀를 흔들어 깨워 세세한 것들을 꼬치꼬치 캐물었다. 날짜, 우연의 일치들, 사실 확인에 그는 점점 집착해갔다.

"기억이 안 나, 믿어줘. 그건 나한테 절대로 중요한 일이 아니었어."

아델은 번번이 이렇게 말하는 수밖에 없었다. 하지만 리샤르는 아내의 남자들에 대한 모든 것을 알아내지 않고는 견딜 수 없었다. 이름은 뭔지, 몇 살이나 먹었는지, 무슨 일을 하는 놈들인지, 어디서 만났는지. 그녀의 모험이 얼마나 지속되었는지, 서로 만나기로 약속한 장소는 어디였는지, 무엇을 함께했는지 전부 알고 싶었다.

마침내 백기를 든 그녀가 어둠 속에서 그에게 등을 돌린 채로 입을 열었다. 명료한 정신으로 또박또박, 어떤 감정도 섞지 않고 말했다. 이따금 자세한 성관계 묘사에 들어가기도 했지만, 그때마다 리샤르의 저지를 받았다. 아델은 이렇게 말하곤 했다.

"그렇다고 해도, 단지 그뿐이야."

그녀는 만족이란 걸 모르는 욕망에 대해, 추스르는 게 도저히 불가능한 충동에 대해, 마침표를 찍는 게 도무지 어려운 고뇌에 대해 리샤르에게 설명하려 애썼다. 하지만 리샤르가 도무지 떨쳐버릴 수 없는 건, 그녀가 애인을 만나기 위해서라면 오후 내내 뤼시앙을 나 몰라라 할 수도 있었다는 사실이었다. 파리 외곽의 허름한 여관에서 이틀 내내 애인을 끌어안고 뒹굴기 위해 신문사에 긴급한 일이 터졌다고 꾸며내 가족끼리 진작에 계획한 휴가를 취소했던 적도 있다. 그를 더욱 격분시키고 한편 기가 차게 만드는 건 이런 이중생활을 유지하기 위해 거짓말을 꾸며낼 때 그녀가 보인 초연함이었다. 리샤르는 철저히 당했다. 그녀가 그를 싸구려 꼭두각시 인형처럼 갖고 놀았다. 배 속 가득 정액을 채우고, 피부에 외간 남자의 땀을 머금은 채 집으로 돌아오며 어쩌면 그녀는 웃음을 지었을지도 모른다. 그를 비웃고, 애인들 앞에서 그의 흉내를 냈을지도 모른다. 틀림없이 이렇게 말했을 것이다.

"내 남편? 걱정 마. 아무것도 모르는 등신이야."

리샤르는 헛구역질이 올라올 때까지 기억을 곱씹어댔다. 그녀가 늦게 귀가했을 때, 그녀가 갑자기 사라졌을 때의 태도가 어땠는지 기를 쓰고 떠올려보았다. 그때 무슨 냄새가 났지? 말할 때, 혹시 다른 남자의 숨결이 섞인 냄새가 나지 않았나? 그는 징후를, 확실한 증거를, 어쩌면 사실은 두 눈으로 확인하고 싶지 않은 것들을 찾아 헤맸다. 하지만 뚜렷하게 머릿속에 그려지는 일은 아무것도 없었다. 그의 아내는 완벽히 훌륭한 사기꾼이었던 것이다.

아델을 그의 부모님께 처음 소개하던 날, 어머니 오딜은 아들의 선택에 대해 무척 유보적인 태도를 보였다. 그에게 딱히 무슨 말을 한 건 아니었지만, 어머니가 '계산적 인물'이라는 단어를 사용했다는 말을 클레망스를 통해 듣게 되었다.

"우리 아들하고 맞는 애는 아니야. 가식이 풍겨."

오딜은 어딘가 엉큼해 보이는 이 여자와 언제나 거리를 두었다. 그 여자가 풍기는 차가움, 모성 본능의 부재에 대해 오딜은 염려했다.

그러나 지방 대학 출신의 수줍음 많고 말수조차 없는 리샤르는 이미 이 여자를 품에 안고 싶어 안달이었다. 리샤르를 사로잡은 건 그녀의 외모뿐 아니라 몸짓이었다. 그녀를 바라볼 때마다 심호흡을 고르지 않을 수 없었다. 그녀의 존재가 그를 고통스러울 정도로 가득 채웠다. 그녀가 살아가는 모습을 보는 게 흐뭇했으며 그녀의 아주 작은 동작이라도 그는 꿰뚫었다. 그녀는 말이 많은 편이 아니었다. 같은 의대 여학생들처럼 쓸데없는 잡담으로 시간을 보내는 여자가 아니었다. 그는 고급 레스토랑으로 아델을 데려가 밥을 사 먹였다. 그녀가 가보기를 꿈꾸었다던 도시로의 여행을 계획해 데리고 다녔다. 이윽고, 부모님에게도 그녀를 소개했다. 그녀에게 동거하는 게 어떠냐고 물었고, 아파트를 찾는 일을 기꺼이 혼자 떠맡았다. 그녀는 종종 이렇게 말했다.

"이런 일은 정말 처음이야."

그럴수록 그는 우쭐해졌다. 그녀는 손가락 하나 까딱하지 않아도 된다고, 그가 그녀를 살뜰히 보살필 거라고, 자기 말고는 아무도 없다고 그는 장담했다. 그녀는 그의 강박이고, 광기고, 이상향이었다. 그의 또 다른 삶이었다.

"자, 다시 시작해보자."

처음엔, 눈을 감았다. 그러자 가능한 게 아무것도 없어졌다. 너무 뻣뻣하고 차가운 그녀의 모습에 그는 미쳐버릴 것 같았다. 그녀를 후려치고 도로 한가운데 차를 세운 다음 혼자 버려두고 떠나고 싶은 욕망. 매주 토요일 오후, 가끔씩은 일요일에도 그들이 하는 일이다. 리샤르는 화를 꾹 눌러 참는다. 아델이 꼬마 여자애처럼 새된 목소리로 벌써 백 번째 똑같은 질문을 던져오자 그는 일단 심호흡을 가다듬는다. 아델은 양팔을 꼭 모으고 어깨를 움츠린 채 앞만 뚫어져라 보고 있다. 아무 말도 듣지 못한다.

"제발, 좀 편하게 해봐. 그렇게 쭈그러져 있지 말고 몸을 좀 펴란 말이야. 즐겁게 해야지 그렇게 고통스럽게 해서야 뭐가 되겠냐고." 리샤르가 성질을 부린다.

그가 아델의 손을 붙잡아 운전대 위에 얹고 백미러를 조절한다.

7월 어느 오후, 그들은 시골길을 달린다. 뤼시앙은 뒷좌석에 앉았다. 무릎 위까지 올라오는 원피스를 입은 아델이 맨발을 페달 위에 올린다. 날은 무덥고 도로엔 개미 한 마리도 지나가지 않는다.

"봐, 아무도 없잖아. 걱정할 이유가 하나도 없어. 속도를 좀 더 올려도 될 정도라고."

아델이 몸을 돌려 잠든 뤼시앙을 바라본다. 잠시 머뭇거리더니 돌연 세차게 액셀을 밟는다. 자동차가 갑자기 폭주하면서 아델은 정신이 혼미해진다.

"4단으로 바꿔, 좀! 엔진을 다 태워 먹으려고 그래? 이 소리 안 들려? 어, 지금 뭐 하는 거야?"

아델이 갑자기 차를 세우더니 어리바리한 얼굴로 리샤르를 바라본다.

"어쨌거나 진짜 대단해. 당신은 말야, 손과 발을 동시에 사용하는 기능이 전혀 없는 사람 같아. 진짜 바보 아니야?"

어깨를 한 번 들어올리더니 이내 웃음을 터뜨리는 아델. 얼떨떨해진 채로 리샤르는 그런 아내를 바라보기만 한다. 그녀의 웃음소리. 그가 까맣게 잊고 있던 웃음소리. 고개를 뒤로 젖히고 기다란 목에서 뿜어내는 소리. 두 손으로 입을 가리고, 두 눈을 꼭 감아 생기는 주름이 그녀의 웃음에 다소 빈정거림 같은, 나쁘다고까지도 말할 수 있는 이상한 방법을 더는 기억할 수 없었다. 문득 그녀를 꽉 끌어안고, 이 돌연한 환희를, 그동안 누려보지 못했던 이 즐거움을 만끽하고만 싶었다.

"집에 가는 건 내가 할게. 근데 말이지, 진짜 학원에서 정식으로 운전 강습을 받는 게 좋을 것 같아. 전문 강사한테 말이야. 그게 훨씬 효과적일 거야."

아델의 진행 속도가 더디긴 했지만, 면허를 따면 차를 사주겠다고 리샤르는 약속했다. 물론 차가 몇 킬로미터를 뛰었는지 빠짐없이 확인할 것이고, 기름값에도 제한을 둘 것이다. 그래도 면허를 따게 되면 가까운 거리는 혼자 다닐 수 있을 것이다. 지방으로 이사한 뒤에도 리샤르는 아내를 향한 감시의 눈길을 늦추지 않았다. 심지어 아내를 비행소녀인 양 미행한 적도 있었다. 하루에도 몇 번씩 집으로 전화를 걸었다. 때로 무슨 생각이라도 난 듯 진료 사이 잠깐 쉬는 틈을 타 불쑥 집에 간 적도 있었다. 아델은 정원을 바라보며 파란 소파에 앉아 있었다.

가끔 잔인한 모습을 보이기도 했다. 아델을 깔아 내리는 데 권력을 남용하기도 했다. 어느 날 아침, 병원으로 가는 길에 시내에서 내려줄 수 있겠느냐고 아델이 물었다. 장을 보고 산책이라도 좀 하고 싶은 모양이었다. 언젠가 그가 말한 적 있는 레스토랑에서 같이 점심을 먹지 않겠느냐고 제안하기도 했다.

"기다릴 수 있지? 금방이면 돼."

아델이 외출 준비를 하러 올라갔다. 그러나 그녀가 막 욕실 문을 잠갔을 때, 그는 떠나버렸다. 옷을 입던 아델은 분명히 자동차 시동 소리를 들었을 것이다. 창문을 통해 남편의 차가 점점 멀어지는 것을 보았을 것이다. 틀림없이. 저녁에 리샤르는 그 일에 대해 한마디도 하지 않았다. 대신 하루를 잘 보냈는지 물었다. 아델은 미소를 띠고 대답했다.

"아주 좋았어."

사람들 앞에 있을 때면 그는 이내 후회할 만한 행동을 했다. 그녀의 팔을 조이고, 등을 꼬집는다든가, 참석한 사람들이 불편해할 정도로 그녀를 뚫어지게 관찰한다. 그녀의 미세한 동작 하나까지도 놓치지 않는다. 그녀의 입술을 읽는다. 두 사람은 외출을 거의 하지 않지만, 베르동 씨 부부를 초대했던 일은 만족스럽게 생각한다. 새로운 학기가 시작되면 아마도 파티를 열게 될 것 같다. 병원 동료들, 뤼시앙 친구네 부모들을 초대해서 조촐하게.

쉬지 않고 지속되는 의심이 그를 지치게 한다. 그녀가 늘 같은 자리에 있는 건 그녀의 자립심과 맞바꾼 대가라는 생각에서 벗어나고 싶어진다. 이제부터는 집에 얼마간의 돈을 놓아두기로 한다. 기차를 타고 뤼시앙을 데리고 캉의 친가나 불로뉴쉬르메르의 외가에 다녀오라고 등을 떠밀기도 한다. 심지어 그녀에게 이런 말까지 한다. 무엇을 하고 싶은지 진지하게 생각해볼 때가 되지 않았느냐고.

간혹, 그는 모든 의사들이 불가능하다고 하는 질병에 대해 오히려 긍정적으로 받아들이는 말도 안 되는 열정에 사로잡힐 때가 있다. 아델의 병을 고칠 수 있다고, 아델이 그의 곁을 떠나지 않는 건 그를 그녀가 앓는 태생적 질병의 구원자로 생각하기 때문이라고 생각하기도 한다. 어제, 아델은 기분 좋은 상태로 잠에서 깼다. 날이 눈부시게 좋았다. 리샤르는 뤼시앙과 아델을 시내로 데리고 갔다. 뤼시앙이 먹을 걸 좀 사야 했다. 자동차 안에서 아델은 어떤 옷가게 진열장에서 본 원피스가 썩 마음에 들었다는 얘기를 꺼냈다. 그리고 수중에 남은 생활비가 얼마라는 둥, 그 원피스를 사려면 좀 더 허리띠를 졸라매야 할 거라는 둥의 자질구레한 설명을 우물쭈물 늘어놓았다. 리샤르가 그녀의 말을 툭 잘랐다.

"그 돈은 알아서 써. 나한테 일일이 보고할 필요 없어."

그녀는 빚이라도 진 듯한, 그러면서 어느 정도는 당황한 듯한 얼굴이 되었다. 마치 이 불건전한 놀이에 익숙해지기라도 한 것처럼.

"아내가 행복해야 한다."

앙리가 오딜을 두고 이런 말을 했을 때는 얼마나 쉬워 보였던가. 마치 인생의 최대 목표인 듯 앙리는 이 말을 두고두고 반복했다. 가정을 꾸리고 행복하게 일구는 것. 혼인 서약을 한 시청 안뜰이나 산부인과 진료실 복도에서, 혹은 집들이가 있던 날 모든 사람들이 리샤르를 두고 성공의 열쇠를 모두 거머쥔 남자라는 걸 의심하지 않았을 때, 행복한 가정이란 그의 눈에 결코 어렵지 않게 보였다.

오딜은 만날 때마다 둘째를 가져야 한다고 입이 닳도록

말했다. 이렇게 좋은 집에는 대가족이 어울린다고도 했다. 아들네 가족을 보러 올 때마다 오딜은 아델의 배를 향해 뭔가 캐내는 듯한 시선을 던진다. 리샤르는 멋쩍어진 나머지 어머니의 행동이 무엇을 뜻하는지 짐짓 아무것도 모르는 척한다.

리샤르는 아델이 그녀 자신으로부터, 그리고 그녀로서
는 도무지 조절 불가능한 충동으로부터 벗어날 수 있는 새
로운 인생을 구상했다. 강요와 습관만으로 이루어진 인생.
매일 아침 그가 그녀를 깨운다. 침대를 뒹굴며 비관적인
생각만을 곱씹는 그녀를 보고 싶지 않다. 지나친 잠은 오
히려 생활을 망치는 법이다. 아내가 운동화를 신고 비포장
길을 달려 나가고 나서야 비로소 그도 집을 나선다. 울타
리 근처에 다다른 그녀가 뒤돌아 손짓을 하면 그제야 그도
자동차 시동을 건다.

　시골 출신이기 때문일까. 시몬은 언제나 시골을 무서워

했다. 시골이란 황폐한 곳이라고 딸에게 누누이 말해왔으므로, 아델의 눈에 자연은 야생동물 같은 것이었다. 길들였다고 생각하지만 예고 없이 달려들어 주인을 문다. 이런 얘기를 감히 리샤르에게 할 수 없었다. 하지만 아델에겐 오솔길을 달리는 것, 황량한 숲속으로 들어가는 것이 정말 공포스러운 일이었다. 파리에서는 도심을 가르며 사람들 사이를 달리는 것을 낙으로 삼았다. 도시의 리듬과 박자가 그녀에게 올올이 아로새겨졌다. 이곳에서 그녀는 누군가에게 바짓가랑이라도 붙들릴까 두려워 속도를 낸다. 리샤르는 그녀가 풍경을 만끽하고, 골짜기의 고요함과 작은 숲이 전하는 조화에 흠뻑 빠졌으면 하지만 아델은 멈추는 법이 없다. 폐가 폭발하는 느낌이 들 때까지 달리다가 녹초가 되어 돌아온다. 관자놀이가 파닥거린다. 이번에도 길을 잃지 않았다는 사실에 감탄한다. 운동화를 벗기가 무섭게 전화벨이 울리고, 그녀는 리샤르의 전화를 받기 위해 호흡을 가다듬어야 한다.

"몸을 써야 해."

스스로에게 용기를 주기 위해 그녀가 하는 말이다. 숙면을 취한 다음 날 아침엔 이런 결심도 세웠다. 긍정적인 사람이 되자, 계획적인 사람이 되자. 그러나 시간이 흐르면서 그녀가 세운 결심은 점점 좀먹힌다. 그녀를 상담한 신경정신과 의사는 소리를 마음껏 내질러보라고 권했다. 그 말에 아델은 웃음만 나왔다.

"중요한 부분입니다. 최대한, 힘이 닿는 데까지 소리를 질러보세요."

그렇게 하면 마음이 평온해질 거라는 얘기였다. 그러나 혼자 있을 때도, 그 어디에서도 아델은 자기 안의 분노를 끄집어내는 데 성공하지 못했다. 그녀는 감히 소리를 지르지 못했다.

오후가 되면 뤼시앙을 찾으러 간다. 마을까지 걸어 내려간 그녀는 그 누구와도 말을 섞지 않는다. 길에서 마주치는 사람들과는 고갯짓으로 간신히 인사를 나눈다. 시골 마을 사람들끼리의 친근함이 오히려 그녀를 경직시킨다. 다른 엄마들이 말이라도 붙일까 두려운 마음에 학교 정문 앞에 서 있기를 꺼리게 되었다. 아들에게는 정문을 나와 조금 걸어오면 엄마가 있을 거라고 미리 말해두었다.

"거기 알지? 소 동상 있는데. 엄마가 거기서 기다릴게."

아델은 언제나 미리 가서 기다린다. 중앙 시장 맞은편 벤치에 앉는다. 벤치에 자리가 없을 땐 그냥 무심히 그 앞에 서 있는다. 벤치를 차지한 사람이 불편해진 나머지 자리를 내주고 떠날 때까지. 이 마을은 1944년 미군이 실수로 폭파해 폐허가 되었었다는 얘기를 리샤르에게 들었다. 20분이 채 못 되는 시간에 이 작은 마을은 지도에서 완전히 사라졌다. 여러 건축가들이 폐허가 되기 전의 모습으로 건물을 재건하고 노르망디풍 콜롱바주를 복원하려 시도했으나 남은 건 매력 없는 인공미뿐이었다. 언젠가 아델이 미군 비행기가 성당을 남겨둔 게 종교적인 이유 때문이냐고 물었을 때 리샤르의 대답은 이랬다.

"천만에. 성당이 일반 건물들보다 훨씬 튼튼했기 때문이지."

봄이 되자, 주치의는 바깥공기를 쐬며 하루를 보낼 것을 적극 권했다. 정원을 가꾸거나 꽃을 심고 새순이 돋는 것을 보라고 충고했다. 에밀이 정원 안쪽에 텃밭 만드는 걸 도와주었다. 거기서 아델은 뤼시앙과 함께 많은 시간을 보냈다. 진흙 속에서 헤엄치기, 강낭콩에 물 주기, 흙 묻은 잎사귀 씹기를 아들은 좋아한다. 7월 초였는데도 아델은 해가 짧아지고 있다는 느낌을 지울 수 없었다. 언제나 조금씩 빨리 어두워지는 하늘을 관찰하며 그녀는 번뇌와 더불어 겨울의 귀환을 기다린다. 종일 비 내리는 날들의 연속. 가지를 쳐내면 거인의 시체처럼 검은 옹이를 드러낼 보리수나무. 파리를 떠나며 그녀는 모든 걸 내려놓았다. 직업도, 친구도, 돈도 없다. 겨울엔 그녀를 포로로 만들고, 여름이면 착각을 일으키게 하는 이 시골집 외엔 아무것도. 이따금 아델은 유리 창에 부리를 부딪히고 문 손잡이에 날개가 꺾여 잔뜩 겁에 질린 새처럼 보이기도 한다. 초조함이나 조급함을 감추는 게 점점 더 어려워진다. 그래도 노력한다. 안쪽 볼을 깨물며 번뇌를 이겨내기 위한 호흡법을 한다. 리샤르가 오후엔 뤼시앙에게 텔레비전을 보여주지 말라고 신신당부했으므로, 그녀는 나름대로 아이가 좋아할 만한 놀이들을 생각해내야 한다. 어느 날 저녁, 퇴근해 집에 돌아온 리샤르는 퉁퉁 부은 눈, 붉게 달아오른 얼굴을 하고 거실 카펫 위에 주저앉은 아델을 발견했다. 아델은 뤼시앙이 푸른 안락의자에 묻힌 물감 자국을 지우려고 오후 내내 문지르고 또 문질렀다고 했다.

"내 말을 안 들어. 걔는 어떻게 노는 줄을 몰라."

두 손을 바들바들 떨며 분노에 찬 아델은 이 말만 되풀이했다.

"지난번 오셨을 때, 다 나은 것 같다고 하셨는데요. 그땐 무슨 의미였나요?"

"잘 모르겠는데요."

환자는 어깨를 으쓱하며 대꾸했다.

의사는 침묵이 흐르도록 내버려둔다. 그가 다정한 눈길로 환자를 응시한다. 처음 이 환자가 그의 진료실을 찾았을 때, 그는 자기 분야가 아닌 것 같다고 분명히 말했다. 행동 테라피나 운동 치료요법, 집단 심리 상담 등을 찾아보는 게 더 적합할 것 같다고도. 그러자 그녀는 단호하고 쌀쌀맞은 목소리로 이렇게 대꾸했다.

"문제는 그게 아니에요. 지겨워요, 정말. 그래도 어쩐지 비겁해서 망신살을 여기저기 퍼뜨릴 수는 없다니까요."

그러고는 그의 진료를 받겠다고 고집을 부렸다. 오직 그만이 신뢰할 수 있는 의사라고 박박 우겼다. 어쩔 수 없이 그녀를 환자로 받게 되었는데, 그건 이 창백한, 푸른색 블라우스 속에서 둥둥 떠다니는 것처럼 보일 정도로 바싹 야윈 이 여자를 동정하는 마음에서이기도 했다.

"아무 일도 일어나지 않는다고 해두죠."

"환자분께는 그게 완치를 의미합니까? 아무 일도 없는 것?"

"예, 그런 것 같아요. 그런데 완치라는 거 말인데요, 그것도 끔찍해요. 무언가를 잃어버린다는 거잖아요. 무슨 말인지 아시죠?"

"그럼요."

"결국, 나는 항상 두려웠어요. 통제력을 잃어버린 것 같았고요. 말할 수 없이 피곤했고, 그만둬야 했어요. 그런데 남편이 나를 용서할 수 있으리라고는 생각도 못 했죠."

아델이 손톱으로 천 소파 팔걸이를 긁어댄다. 창밖으로 검은 구름이 검은 돌기를 드러낸다. 머지않아 폭풍이 몰려올 것이다. 이곳에서는 옆길과 리샤르가 기다리고 있는 자동차가 보였다.

"남편이 전부 알아낸 그날 밤, 오히려 아주 깊은 잠을 잤어요. 깊은 치유의 잠이었죠. 잠에서 깨어나 보니 집이 완전히 뒤집어져 있더라고요. 그런데 리샤르가 나를 증오할수록 나는 야릇한 기쁨, 어쩌면 흥분 같은 걸 느꼈어요."

"오히려 마음이 놓였던 거군요."

아델은 입을 다물었다. 잔뜩 화가 난 듯한 비가 보도블록을 때린다. 한낮인데 한밤중인 것만 같다.

"아버지가 돌아가셨어요."

"아, 안 좋은 소식이군요, 아델. 지병이 있었나요?"

"아니요. 어제저녁 주무시다가 뇌출혈로 돌아가셨어요."

"마음이 많이 슬픈가요?"

"모르겠어요. 게다가 생전 아버지는 당신이 계신 곳을 단 한 번도 진심으로 좋아한 적이 없었으니까요."

그녀는 오른손으로 턱을 괴고 안락의자에 몸을 파묻는다.

"장례식에 가겠어요. 혼자서. 리샤르는 병원을 비울 수 없는 데다가 죽음을 보여주기엔 뤼시앙이 너무 어리다고 생각해요. 사실은 함께 가주겠다는 말도 안 해요. 갈래요, 혼자서."

"이렇게 힘든 상황 속에 환자분을 혼자 버려둔 남편을 원망하나요?"

"오, 그건 아니에요. 오히려 기뻐요."

그녀가 부드럽게 대꾸한다.

리샤르는 단 한 번도 섹스의 중요성에 찬성해본 적이 없었다. 지금보다 젊었을 때조차, 그에게 섹스는 그저 소소한 쾌락에 지나지 않았다. 섹스라는 운동 속에서 그는 언제나 다소 무료했다. 그에겐 너무 길게 느껴지는 운동이었다. 자신에겐 열정의 코미디를 연기할 재주가 없다고 생각했고, 한심스럽게도 뜨뜻미지근한 그의 욕망이 오히려 아델을 안심시킨다고 생각했다. 영민하고 세련된 여자들이 다 그렇듯이. 그가 아델에게 제공하는 모든 것 앞에서 섹스는 아무것도 아니라고 생각했다. 공공장소에서 그는 때로 체면을 세우거나 스스로를 안심시킬 요량으로 짐짓 척을 할 때도 있었다. 젊은 여자의 엉덩이를 향해 추잡한 시선을 보내는 것도 그런 척에 해당했다. 친구들 앞에서 모종의 모험담을 넌지시 암시할 때도 있었다. 그렇다고 자랑스러워한 적은 없었다. 단 한 번도 그렇게 생각하지 않았다.

아버지가 되는 것, 그에게 의지하는 가족을 이루는 것, 그가 자신의 부모에게 받아온 것들을 자기 가족에게 제공해주는 것, 이것이 그의 꿈이었다. 그 누구보다 뤼시앙을 바랐으며, 행여 아이가 안 생길까 고민한 적도 있었다. 그런데 아델은 아주 빨리, 심지어 첫 관계를 갖고 나서 바로 임신했다. 그러자 그는 짐짓 스스로가 자랑스러워졌고, 그것으로서 남들에게 그의 남성성을 증명했다고 생각했다. 하지만 좀 더 깊이 들어가면, 리샤르는 자신이 사랑하는 여자의 몸을 더 이상 소모시키지 않아도 된다는 사실에 안도했다.

리샤르는 단 한 번도 복수를 생각한 적이 없었다. 심지어 이미 철저하게 패한 경기에서 아델과 똑같은 방식으로 점수를 만회하겠다는 생각도 해본 적 없었다. 그러다가 한번은 한 여자를 만날 기회가 찾아왔고, 그는 별생각 없

이 기회를 잡았다. 그가 원하는 것이 정확히 뭔지 모르는
채로.

병원에 자리 잡은 지 석 달이 지났을 때, 아버지 이름으
로 된 약국에서 인턴을 하던 마틸다라는 아가씨를 소개받
았다. 올리브색 눈동자의 통통한, 길고 붉은 머리칼 속에
여드름을 감춘 젊은 아가씨였다. 잘 보면 그럭저럭 예쁘다
고 할 수 있는 타입이었다.

어느 날 저녁, 병원 앞에서 한잔하다가 또래의 아가씨
둘과 함께 앉아 있는 그녀를 보았다. 그녀가 먼저 알은체
하며 미소를 지었다. 합석을 하자고 권하는 것인지, 아니
면 제 아버지의 친구인 그에게 의무적으로 인사를 건넸을
뿐인지 그로서는 선뜻 이해가 가지 않았다. 리샤르도 보답
인사를 건넸다.

그러곤 더 이상 신경 쓰지 않았다. 술과 더위로 생각이
느려졌다. 그녀가 그의 테이블로 다가와 말을 걸었을 때
그는 이미 그녀에 대해 까맣게 잊고 있던 터였다.

"리샤르 선생님이시죠?"

땀방울이 그의 등줄기를 따라 흘러내렸다.

"그래요. 리샤르 로빈슨."

그가 어색하게 몸을 일으켜 악수를 청했다.

그에게는 묻지도 않고 그녀가 옆에 앉는다. 그러고 보니 약국 카운터에 서서 얼굴이 붉어지던 모습에서 수줍음이 많은 아가씨라고 여겼던 그의 생각과 달리 꽤 대담한 여자인 것 같다. 다니던 대학, 그녀가 살던 루앙, 좋아하긴 하지만 끝까지 해볼 용기는 없었던 의대 공부에 대해 여자가 주섬주섬 이야기했다. 가느다란 목소리로 노래하듯 빨리 말하는 스타일이었다. 얼굴이 땀으로 흠뻑 젖은 리샤르는 건성으로 대꾸했다. 크게 뜬 두 눈을 그녀에게 고정시키고, 적절한 순간에 웃음을 흘리고, 때로 화제를 던지기 위해 노력을 기울였다.

두 사람은 정처 없이 거리를 걸었다. 리샤르는 피울 줄 모르면서도 그녀에게 담배를 한 대 청하기도 했다. 그는 이렇게 묻고 싶었다. '이제 뭘 하지?' 하지만 그는 아무 말도 하지 않았다. 두 사람은 병원까지 함께 걸었다. 병원 건물 앞에서 두 사람은 망설임도, 조급함도 보이지 않았다. 리샤르가 열쇠 꾸러미를 꺼냈고 두 사람은 주차장을 통해 병원 내부로 들어갔다.

진료실 덧창을 닫은 건 리샤르였다.

"마실 게 없는데 어떡하지. 물이라도 괜찮을까?"

"담배 한 대 피워도 돼요?"

그녀의 살결. 우윳빛 살결은 무미건조했다. 거기에 입술을 가져갔다. 입을 조금 벌려 귀 뒤, 목덜미 우묵한 곳에 혀를 넣었다. 아무 맛도, 최소한의 느낌도 없는 살가죽이었다. 심지어 땀방울에서조차 아무 냄새가 나지 않았다. 오직 손가락 끝에서만 약간 담배 냄새가 날 뿐이었다.

그녀가 얇고 하얀 블라우스 단추를 혼자서 여는 동안, 리샤르는 질겁한 채 그녀의 뚱뚱한 배를, 스커트 자국을, 브래지어 끈 사이에 축 늘어진 살집들을 바라보기만 했다.

마틸다는 팜므파탈 놀이를 하는 것 같았지만, 스물다섯 나이에 진료실에 기대서서 치명적인 독이라도 품은 여자인 척하는 그녀의 모습은 그저 우습게만 보였다. 진료실에선 아무 소리도 들리지 않았다. 두 사람이 함께 기댄 가구도 삐걱거림 없이 잠잠했다. 그녀는 간신히 숨을 쉬고 있었다. 뭔가를 시도해보려 잔뜩 기대했지만, 훨씬 연상에다가 결혼까지 한 남자와의 금지된 관계에 실망하는 눈치였다. 더 이상의 불꽃은 튀지 않았다. 대학 시절 친구들과의 관계보다도 재미가 없었다. 리샤르는 전혀 재미있는 사람이 아니었다.

마틸다는 머리를 이쪽저쪽으로 흔들었다. 두 눈을 감았다. 그녀의 풍성한 허벅지가 리샤르의 몸 위에서 다시 닫했다. 그는 그녀의 엉덩이를 움켜쥐고 브래지어 후크를 푼 다음 그녀의 하얀 젖가슴을 감상해보려 했지만, 쾌락을 느끼는 데는 성공하지 못했다. 그는 천천히 후퇴했다. 다시 거리에 나섰을 때 바래다주겠다는 그를 거부한 건 그녀였다.

"바로 이 근처에 살아요."

그는 자동차에 올라탔다. 이제 모든 게 분명하게 느껴졌다. 도로에서 연신 손을 코로 가져가 냄새를 맡고 심지어 맛을 보기도 했으나, 소독약 냄새 말고는 아무 냄새도 나지 않았다.

마틸다는 어떤 흔적도 남기지 않았다.

리샤르가 그녀를 역까지 바래다준다. 자동차 안에서 아
델은 창밖을 내다보고 있다. 날이 막 밝아오고 있다. 어스
름한 태양이 언덕들을 어루만진다. 둘 중 누구도 이 상황
이 주는 기이함을 환기하지 않는다. 아델은 감히 그에게
다정함을 보이며 그 어떤 탈출 계획도 없다는 것을 약속하
는 등 그를 안심시킬 엄두를 내지 않는다. 리샤르는 그녀
를 떠나보낼, 그녀를 놓아줄, 단 몇 시간이라도 자유시간
을 줄 수 있게 되어 안심이다.

그녀는 돌아올 것이다.

기차역에서 그가 그녀를 바라본다. 눈부시도록 슬픈, 그

녀가 담배를 피운다. 그가 지갑을 꺼내 지폐를 내민다.

"200유로야. 이거면 되겠어?"

"응. 걱정하지 마."

"더 필요할 것 같으면 말해."

"아니, 괜찮아. 이걸로 됐어."

"잘 집어넣어, 지금. 안 그러면 잃어버릴 테니."

아델이 가방을 열고 주머니 속에 지폐를 넣는다.

"그럼 내일 봐."

"응. 내일 봐."

아델은 창문 옆 자리로 간다. 역방향이다. 열차가 출발한다. 객차 안은 예의 바른 침묵에 잠겨 있다. 모든 동작이 솜을 넣은 듯 흐릿하고, 핸드폰으로 이야기하는 사람들은 전부 한쪽 손으로 입을 가렸다. 아이들은 잠들었고 귀는 이어폰으로 단단히 막아두었다. 점점 잠이 쏟아지면서 바깥 풍경이 액자에서 벗어난 색깔들로 뭉개진다. 회색이 흘러넘치고, 초록, 검정 물감이 스며 나와 절반쯤 희미하게 뒤섞인 그림이 된다. 아델은 검정 원피스에 약간 유행이 지난 재킷을 입었다. 맞은편에 앉은 남자가 인사를 건넨다. 그녀가 아무 거리낌 없이 다가갈 만한 유형의 그런

남자다. 신경이 곤두서면서 방향 감각이 흔들린다. 그녀가
두려워하는 건 남자가 아니라 고독이다. 누가 됐든, 누군
가의 시선을 더 이상 받지 못한다는 것, 무심한 익명이 된
다는 것, 군중 속의 하찮은 돌멩이가 된다는 것이 두렵다.
이동 중이므로 도망칠 수도 있다고 생각해보자. 생각할 수
도 없는 일이다, 안 돼, 하지만 불가능한 건 아니다.

객차 끝 유리 문에 한 여자아이가 기대서 있다. 고작 열
일곱 살쯤 되어 보인다. 사춘기 소녀의 길쭉하고 날씬한
다리, 살짝 굽은 등. 백팩을 멘 남학생이 소녀에게 키스한
다. 마치 소녀를 으스러뜨릴 듯 그녀에게 온몸을 기울인
다. 두 눈을 꼭 감고, 입을 벌린다. 그들의 혀가 쉼 없이, 서
로의 혀를 휘감는다.

혹시 아버지에게 남기고 싶은 말이 있느냐고 시몬이 물
었다. 아델은 아무 말도 하지 않는 게 좋겠다고 대꾸했다.
사실, 아는 게 거의 없는 그 남자에 대해 무슨 말을 해야
할지 아델은 알 수 없었다.

그의 신비함이 아버지를 향한 동경을 키웠던 것 같다.
아버지는 퇴폐적이며, 약간 어긋난, 여간해선 흉내 낼 수
없는 인물이었다. 그녀의 눈에는 꽤 잘생겨 보였다. 자유
와 혁명에 대해 말할 때 아버지는 열정적이었다. 아델이

아직 어렸을 때, 아버지는 1960년대 할리우드 영화를 보여주며 이게 바로 진정한 삶이라고 연신 되뇌곤 했다. 아델과 함께 춤을 추기도 했는데, 한쪽 다리를 허공에 들고 신발 끝으로 서서 냇 킹 콜의 음악에 맞추어 뱅그르르 도는 아버지의 모습에 아델은 놀람과 기쁨의 눈물을 흘렸다. 아버지는 이탈리아어를 할 줄 알았고(아델은 그렇게 믿고 있었다.) 알제리 정부에서 장학생으로 보내준 모스크바에서 볼쇼이 무용 단원들과 함께 찻숟가락으로 캐비어를 떠먹었다는 일화를 들려주기도 했다.

이따금 울적함이 밀려들 때면 그는 아랍어로 노래를 불렀지만 노랫말의 의미에 대해서는 단 한 번도 말해준 적이 없었다. 아버지는 자신의 근본을 뿌리채 뽑아버렸다며 시몬에게 분노했다. 앞뒤 가릴 것 없이 화를 내며 절규하기도 했다. 아무것도 필요 없다고, 그의 앞에 놓인 모든 걸 전부 날려버리고, 검소한 곳으로 가 빵과 검정 올리브만 먹으며 혼자서 살아가겠다고 말했다. 그가 정말 배우고 싶었던 것은 노동을 하고 씨를 뿌리며 흙을 뒤집는 일이었다고 말하기도 했다. 그가 유년에 누렸던 농부의 평화로운 삶을 되찾고 싶다고도 했다. 그리고 가끔 긴 비행으로 녹초가 된 새도 개미 한 마리를 꿈꿀 수 있듯 그도 그런 농부의 삶을 꿈꾼다고 했다. 시몬은 그런 그를 잔인하게 비웃으며 하고 싶으면 해보라고 말했다. 결국 아버지는 떠나지 않았다. 절대로.

열차에 흔들리면서 아델은 반수면 상태에 빠져든다. 부모님의 침실 문을 열자 커다란 침대가 보인다. 아버지의 몸뚱어리가 미라처럼 누워 있다. 수의 속에서 하늘을 향해 뻗은 뻣뻣한 발. 아델이 다가가 육안으로 확인할 수 있는 최후의 살점을 찾아본다. 넓고 반듯한 이마, 입술 주변 깊이 팬 팔자주름. 그녀가 아는 아버지만의 특징들을 알아본다. 미소를 지을 때면 함께 움직이는 라인, 부성애로 이루어진 완벽한 지도.

아버지의 시체에서 불과 몇 센티미터 떨어져 그녀도 몸을 눕힌다. 아버지의 모든 것이 아델의 것이 된다. 처음으로 아버지는 도망치지도 대화를 거부하지도 않는다. 머리 뒤로 한쪽 팔을 고이고 다리를 꼰 채 아델이 담배에 불을 붙인다. 그리고 옷을 벗는다. 벌거숭이가 되어 시체 옆에 나란히 누운 그녀가 아버지의 살갗을 쓰다듬다가 이내 바짝 당겨 안는다. 아버지의 눈꺼풀 위, 우묵한 두 뺨에 입을 맞춘다. 아버지의 순수함에 대해, 그녀 자신과 아버지의 나체가 주는 절대 공포에 대해 가만히 생각해본다. 거기 누워 있는 것, 죽은 채로, 딸의 손길만을 기다리는 아버지는 딸의 외설스러운 호기심에 아무런 저항도 할 수 없을 것이다. 아델이 아버지의 시체 위로 몸을 숙여, 수의 매듭을 푼다, 서서히.

생 라자르 역. 아델은 열차에서 내려 암스테르담 거리를 빠른 걸음으로 올라간다.

그들은 이전 삶과 연결된 모든 고리를 잘라버렸다. 확실하고, 과감한 단절이었다. 아델의 옷을 채운 10여 개의 상자와 여행의 추억, 그리고 앨범을 전부 뒤로하고 그들은 떠났다. 가구를 팔고 그림들은 전부 그냥 나눠주었다. 이 삿날, 그들은 아파트를 슬쩍 돌아보았다. 두 사람의 눈 속엔 그 어떤 노스탤지어도 없었다. 집주인에게 열쇠를 반납하고 억수같이 쏟아지는 빗길을 달렸다.

아델은 그 후로 신문사에 돌아가지 않았다. 먼저 사직 의사를 알릴 용기가 없던 그녀에게 어느 날 우편물이 날아왔다. 리샤르가 그 편지를 그녀의 코앞에 대고 흔들어댔다.

"중과실로 인한 파면. 직무 유기."

친구들, 대학 동기, 옛 직장 동료와도 연락을 끊었다. 그들이 두 사람을 만나러 오는 일이 없도록 그럴싸한 변명거리를 지어냈다. 많은 이들이 두 사람의 성급한 이사에 놀라는 눈치였다. 그렇지만 두 사람에게 무슨 일이 있는지 구태여 뒤를 캐는 이는 없었다. 마치 파리 전체가 그들을 잊은 것 같았다.

아델은 신경이 곤두서 있다. 테라스에 자리가 나길 기다리며 선 채로 담배를 피우고 손님들을 노려본다. 여행객 커플이 자리에서 일어나기 무섭게 아델은 재빨리 그 자리를 차지한다. 길 건너편에 로렌이 손짓을 하며 다가오는 게 보인다. 마치 그녀에겐 웃을 자격도, 기쁨을 표현할 자격도 없다는 듯 아델은 곧 눈을 내리깐다.

두 여자는 아델의 아버지에 대해, 장례식 시간에 대해 얘기한다. 로렌이 말한다.

"나한테 좀 더 일찍 알려주지그랬어. 그랬으면 같이 갈수 있었을 텐데."

로렌은 리샤르, 뤼시앙의 소식을 묻고 작은 시골 마을과 그들의 새집에 대해서도 묻는다.

"근데, 그 촌구석에서 뭐 하고 살아?"

그녀가 히스테릭하게 웃는다.

몇 자락의 추억에 대해 두 사람은 이야기를 나눠보지만 영혼 없는 대화에 지나지 않는다. 아델은 열심히 화젯거리를 찾지만 마음속엔 아무것도 없다. 나눌 얘기가 없다. 그녀는 손목시계를 들여다본다. 더 이상 지체할 수 없다, 기차를 타야 한다고 말하자, 로렌이 두 눈을 들어 하늘을 바라본다.

"뭐라고?" 아델이 되묻는다.

"너는 네 인생 최대의 실수를 한 거야. 왜 거기까지 내려가서 스스로를 매장시키는 거야? 촌구석에 있는 집에서 현모양처로 사는 게 행복해?"

리샤르와 결혼한 건 실수라고 몇 번이고 말하던 것과 똑같은 방식으로 추궁하는 로렌의 모습이 절망스럽다. 분명 우정 어린 충고가 아닌 다른 감정이 섞여 있다고 아델은 짐작한다.

"넌 행복하지 않아. 인정해야 해! 너 같은 여자는 그런 상황에서 행복할 수가 없어. 결혼도 사랑해서 한 게 아니잖아."

아델은 상대가 스스로 지칠 때까지 내버려두기로 한다. 와인을 한 잔 더 주문해 천천히 마신다. 담배를 피울 뿐 로렌의 질책 앞에 묵묵부답이다. 마침내 친구의 논리가 바닥을 드러내자 이번에는 아델이 차갑고 정교하게 반격한다. 무의식적으로 리샤르의 말투와 그가 즐겨 쓰는 단어를 따라하는 자신의 모습에 사뭇 놀라면서. 자기 집을 갖는다는 것의 행복, 자연과 교감하는 것이 뤼시앙에게 얼마나 중요한 일인지에 대해 말한다. 심지어 퍽이나 바보스럽고 정당성 없는 이런 말까지.

"그거 아니? 애가 없으면 이해할 수 없는 부분이 있어. 언젠간 너도 이해할 날이 오길 바랄게."

자신이 사랑 받고 있음을 아는 이들은 때로 이렇게 잔혹해진다.

이미 늦었지만 불로뉴쉬르메르 역에서부터 부모님의 아파트까지 아델은 천천히 걸어간다. 예쁜 데라고는 하나도 없는 황량한 잿빛 거리를 걷는다. 화장 의식은 이미 끝났다. 파리 북역까지 가는 데 너무 꾸물거리는 바람에 열차를 놓쳤다.

아파트 초인종을 눌렀으나 아무 대답이 없다. 건물 현관 계단에 앉아 기다린다. 자동차가 한 대 멈추고 시몬이 두 남자의 부축을 받으며 내린다. 몸에 딱 붙는 검정 원피스를 입고 손바닥만 한 모자를 쪽찐 머리에 고정시킨 다음 거기에 또 베일을 썼다. 심지어 손목 주변에 쪼글쪼글 주름이 잡힌 끔찍한 새틴 장갑까지 끼고 있다. 이 기이한 차림새로 놀림받는 것쯤이야 신경 쓸 사람이 아니다. 시몬은 지금 비탄에 잠긴 과부 놀이를 하는 중이다.

그들이 아파트 안에 들어선다. 손님들은 도우미가 차려놓은 다과 테이블로 달려든다. 죽음과 술기운으로 얼마쯤 음탕해진 노인네들의 품속에서 그녀가 흐느낀다.

덧창을 닫아두어서 집 안은 열기로 숨이 막힐 정도다. 재킷을 벗어 낡은 검정색 안락의자에 걸어두려던 아델의 눈에 텅 빈 진열장이 들어온다. 아버지의 음반들이 전부 사라진 대신, 시몬이 먼지제거제로 선반을 문지른 듯 달큰한 냄새가 풍긴다. 아파트는 전반적으로 평소보다 말끔해 보인다. 마치 어머니가 오전 내내 바닥에 광을 내고 액자틀을 문질러 닦기라도 한 듯.

아델은 아무와도 말을 섞지 않는다. 손님들 중 누군가는 아델의 관심을 끌어보려고 했다. 그녀가 대화에 끼어들길 바라는 듯 목청을 높여 말하기도 했다. 전부 무료해 죽겠다는, 벌써 할 말은 다 했으니 아델이 새로운 화제를 던져줄 거라고 생각하는 얼굴들이었다. 주름이 자글자글한 그들의 얼굴, 그들의 닳고 닳은 턱이 내는 소리가 아델에게 뼛속 깊은 혐오감을 불러 일으킨다. 토라진 아이처럼 귀를 틀어막고 눈을 꼭 감고 싶어진다.

8층에 사는 이웃 남자가 아델을 뚫어져라 바라본다. 남자의 한쪽 눈에 점액이 덮여 있다. 눈꺼풀에 눈물방울이 매달려 있다고 생각될 정도다. 너무 뚱뚱해서 주름진 뱃살 사이에 숨은 성기를 찾느라 애먹었던 이웃. 지방질 아래 땀에 푹 절어 있던, 어마어마한 허벅지 틈에 끼어 해지고 까진 그의 성기. 고등학교 시절, 방과 후 오후가 되면 그의 집으로 올라가곤 했다. 남자는 방 두 개에 거실이 있는 아파트에 살았다. 테이블과 의자가 놓인 넓은 발코니. 그리고 숨이 멎을 듯 아름다운 전경. 남자는 바지를 발목까지 내리고 부엌 테이블에 앉아 있고, 아델은 바다를 바라보았다.

"영국 해안 보이지? 손에 닿을 수 있을 정도야."

지평선은 편평했다. 당연한 말이지만.

"리샤르는 같이 안 왔냐?"

딸을 부엌으로 끌고 가며 시몬이 묻는다. 거나하게 취했다.

"뤼시앙을 혼자 둘 수 없는 데다 주말도 아닌데 병원을 비울 수 없잖아. 그이가 전화로 다 말한 것 같은데."

"실망했다 이거야. 사위가 안 와서 내 마음이 얼마나 아픈지 알아주기나 한다면 좋으련만. 이참에 소개해주고 싶은 사람도 많았는데. 그런데 어쩌면……."

"어쩌면 뭐?"

"의사 선생 사위께서 병원을 열고 저택을 장만하고부터는 우리 따위는 하찮게 여기는 것 같단 말이지. 올해만 해도 한 번밖에 더 왔니. 게다가 도통 속을 안 보여. 진작에 의심했어야 했는데."

"그만해, 엄마. 그이는 일이 무척 많아. 그뿐이야."

호텔 바에서 받아온 성냥갑 수집품 옆에 흰색과 분홍색 도자기로 된 유골함을 놓아둔다. 커다란 비스킷 상자 내지 옛날 영국풍 차 상자 같다. 불과 하룻밤 사이, 아버지는 검정 안락의자에서 거실 장식장으로 자리를 옮겼다.

"아빠가 화장을 원했으리라곤 단 한 번도 생각해본 적이 없어."

시몬이 어깨를 으쓱한다.

"네 아버지는 종교를 안 가지려고 기를 썼지만 그래도 그 사람네 문화가……. 그렇게 해선 안 되는 거였어. 나한테 말을 했어야지."

마지막 문장이 알아들을 수 없는 웅얼거림으로 끝난다.

"그건 그렇고, 네가 거기 왜 있는 건데? 나를 원망하려고? 죽은 네 아버지 편이라도 들게? 어쨌거나 평생 자기 생각만 하고 살아온 인간이야. 그 인간의 정신 나간 꿈, 환상. '위대한 인생!' 네 아빠한테 인생은 단 한 번도 충분히 위대한 적이 없었다. 내가 한 가지 말해주지."

진을 한 모금 삼킨 시몬이 혓바닥으로 잇몸을 훑었다.

"만족을 모르는 인간은 주위의 모든 사람을 파괴하는 법이야."

알루미늄 쟁반이 비워지면서 손님들이 아델 곁으로 와 한마디씩 한다. "네 어머니 좀 쉬어야겠다." "아름다운 장례식이었어." 현관을 나서며 손님들이 일제히 아버지의 재를 향해 비스듬한 시선을 던진다.

시몬은 무너진 듯 소파에 앉아 있다. 가끔씩 딸국질을 한다. 화장이 두 뺨으로 번졌다. 신발을 벗어 던진다. 아델은 주름이 자글자글하고 검버섯으로 뒤덮인 어머니의 얼굴을 바라본다. 옆구리 한쪽이 터진 검정 원피스를 대형 옷핀으로 여몄다. 알아들을 수 없는 불만들을 웅얼거리며 그녀는 울고 있다. 겁에 질린 것 같다.

"너희 둘은 죽이 잘 맞았지. 항상 둘이 편을 먹고 난 혼자였어. 만일 네 아빠가 없었다면 몇 년이 지나도 네가 여기 올 일은 없었을 거다, 안 그래? 세계 8대 불가사의 같은 인간! 여기도 아델, 저기도 아델. 죽을 때까지 네 아빠의 작고 귀여운 딸로 있었더라면 훨씬 좋았을 걸 그랬지. 네 아빠는 항상 네 편만 들었어. 너무 비겁해서 너를 벌주지도, 너를 똑바로 마주 보지도 못한 거야. 허구한 날 나한테만 시켰지. '시몬, 당신 딸하고 얘기 좀 해봐.' 그러곤 눈길을 피하는 게 다였어. 근데 나도 만만한 여자는 아니잖아. 리샤르, 그 불쌍한 녀석도 눈이 없어. 눈이 멀고 순진해 빠진 게 꼭 네 아버지랑 똑같지. 남자들은 우리가 누군지 몰라. 알려고 들지도 않지. 내가 네 엄마야, 나는 다 기억해. 여덟 살도 안 된 년이 어찌나 몸을 배배 꼬든지. 너는 남자들을 황당하게 만드는 재주가 있었어. 네가 안 보일 때마다 사람들은 네 얘기를 했어. 좋은 얘기는 하나도 없었지. 너라는 앤 이렇게 어른들을 질색하게 만드는 애였어. 그때부터 너한테는 몹쓸 끼가 있었던 거야. 겉으로만 얌전한 척, 이 위선자 같으니. 가고 싶으면 꺼져. 너한테는 손톱만큼도 바라는 게 없으니까. 착한 리샤르. 너는 그 불쌍한 놈을 가질 자격이 없어."

아델은 한 손을 시몬의 손목에 가져간다. 아델도 엄마에게 진실을 말하고 싶었다. 엄마에게 마음을 털어놓고 엄마의 너른 마음에 의지하는 것. 어린아이처럼 가는 고수머리가 난 엄마의 이마를 쓰다듬고 싶었다. 어린 시절의 아델은 엄마에게 짐이었고, 더 자라서는 애정이나 인자함 내지 어떤 해명을 나눌 시간조차 낼 수 없는 적이 되었다. 어떤 걸로 시작해야 할지 아델은 알지 못한다. 서투름을 보이거나 30년 묵은 시큼하고 쓸쓸한 감정들을 터뜨리게 될까 봐 그녀는 두렵다. 손톱으로 할퀸 얼굴, 덥수룩하게 헝클어진 머리, 그녀의 잘못을 온 천지에 대고 꾸짖으며 고래고래 고함치던 엄마의 모습, 아델의 유년에 기어코 마침표를 찍은 발작성 히스테리를 또다시 보고 싶지는 않다.

진정제를 먹고 아둔해진 시몬이 입을 쩍 벌리고 잠들었다. 아델은 위스키 병을 들어 남은 술을 마신다. 엄마가 가스레인지 옆에 놓아둔 화이트와인도 바닥까지 비워낸다. 덧창을 열어 창문 너머로 텅 빈 주차장, 잡초를 태운 작은 정원을 바라본다. 유년의 더러운 아파트 안에서, 아델의 몸이 중심을 잃고 흔들리다 벽에 부딪힌다. 두 손이 떨린다. 잠을 좀 잤으면, 그녀를 좀먹는 분노를 잠으로 붙들어 둘 수 있었으면. 날이 저물고, 아델이 비틀비틀 집을 나선다. 현관 진열장 위에 봉투 하나, 브로치가 담긴 오렌지 상자를 남겨두었다.

시내까지 버스를 타고 간다. 날씨는 좋고 거리는 활기차다. 관광객들이 사진을 찍고 있다. 젊은이들은 보도블록에 주저앉아 맥주를 마신다. 넘어지지 않으려 아델은 한 걸음 한 걸음 헤아리며 걷는다. 햇빛이 내리쬐는 테라스에 앉는다. 엄마의 무릎 위에 앉은 꼬마가 빨대를 불자 콜라가 담긴 유리컵 속에 보글보글 거품이 인다. 카페 종업원이 다가와 일행을 기다리느냐고 묻는다. 아델은 고갯짓으로 아니라고 대꾸한다. 더 앉아 있을 수가 없다. 테이블에서 일어나 바 안으로 들어간다.

와본 적이 있는 곳이다. 복층에 놓인 테이블, 끈적거리는 계산대, 구석의 작은 스크린, 전부 친숙하다. 섬뜩할 정도로 평범한 장소이기 때문이 아니라면. 시험 합격과 여름방학의 시작을 자축하는, 행복하면서도 평범하고 시끌벅적한 학생들로 넘쳐난다. 아델이 낄 곳은 없다. 쉴 새 없이 떨리는 아델의 두 손, 그녀의 초점 없는 눈동자를 알아본 바텐더가 의심쩍은 눈초리를 보낸다.

그녀가 맥주를 마신다. 배가 고프다. 한 남자가 다가와 그녀 곁에 앉는다. 왜소하고 표정이 부드러운 젊은 남자.

관자놀이 부분은 완전히 밀고 정수리 근처만 길렀다. 남자
는 말이 많지만 아델은 간신히 몇 마디 알아들을 뿐이다.
아델은 그가 음악하는 사람이라고 이해한다. 작은 호텔에
서 경비로 일한다는 것도. 남자는 그의 아이에 대해서도
말해준다. 다른 지역에서 엄마와 함께 살고 있다는 몇 개
월 난 아기. 지역 이름을 들었어도 기억할 수는 없다. 아델
은 미소를 짓고 있지만 머릿속으론 이런 생각을 한다. 나
를 여기에 놓아줘. 벌거벗겨서 계산대 위에. 내 두 팔을 꽉
잡아 못 움직이게 해줘. 내 얼굴을 바에 딱 붙여 눌러줘. 아
델은 상상한다, 남자들이 순서대로 그녀의 배 속에, 그녀
를 앞뒤로 돌려가며, 페니스를 집어넣고 있다고. 슬픔이
물러날 때까지, 그녀의 내면 깊은 곳에 웅크린 공포가 입
을 다물 때까지. 아무 말도 하지 않고, 전에 파리에서 봤듯
두 눈이 낙타를 닮은 접대부가 나오는 술집 진열창 속 여
자애들처럼 몸을 실컷 내주고 싶다. 술집 전체가 그녀를
들이마셨으면, 그녀에게 침을 뱉었으면, 그녀의 내장 깊은
데까지 들어와 주었으면, 마침내 죽은 살점만 남을 때까지
그녀의 내장을 전부 뽑아내주었으면 좋겠다.

두 사람은 직원용 출입구를 통해 바에서 나온다. 젊은
남자가 마리화나를 말아 아델에게 내민다. 아델은 행복하

면서도 절망적이다. 끝을 맺지 못하는 문장들을 떠들어대기 시작한다. 늘 끝은 이런 식이다. "내가 무슨 말을 하려고 했는지 기억이 안 나." 아이가 있느냐고 젊은 남자가 묻는다. 문득 술집 의자에 벗어놓고 나온 재킷이 떠오른다. 춥다. 집에 돌아가야 하지만 너무 늦었고, 부모님의 아파트는 한없이 멀게만 느껴진다. 거기까지 혼자서 걸어가는 건 엄두도 내지 못할 일이다. 용기를 장전하고 잘 따져보고 합리적으로 생각해야 한다.

리샤르가 모든 걸 알아버렸을 때, 아델은 결국 이곳, 이 작은 마을, 부모님의 아파트로 돌아올 거라고 생각했었다. 수치를 끌어안고 그 어떤 도움도, 땡전 한 푼 없이. 복도 끝 방으로 가서 잠을 자고 매시간 그녀를 비난하고 해명을 종용하는 엄마의 목쉰 소리를 들어야 한다는 생각만으로도 온몸에 소름이 돋았다. 플랫슈즈를 발끝에 대롱대롱 매달고 지금도 여전히 악몽을 떠올리게 하는 푸르스름한 흰 벽지를 눈에 가득 담고 유년의 그녀가 사용하던 방 야트막한 천장에 매달린 자기 모습을 보았다. 보랏빛으로 질린 입술, 깃털처럼 가벼운 그녀가 아담한 침대 위에서 흔들린다. 그녀의 치욕은 마침내 목이 졸렸다.

"뭐?"

젊은 남자는 절망적으로 대화를 이어나가고 싶어 한다. 아델은 그에게 다가가 입을 맞추고 두 가슴을 그의 상체에 바싹 붙여보지만 서 있기가 힘들다. 남자가 낄낄거리며 그녀를 붙든다. 아델이 두 눈을 감는다. 마리화나 기운에 헛구역질이 올라오고 바닥이 요동친다.

"다시 올게."

크게 심호흡을 하며 아델이 바를 가로지른다. 화장실에 선 딱 달라붙는 나일론 미니스커트를 입은 한 무리의 사춘기 소녀들이 화장을 고치고 있다. 저들끼리 키득거린다. 아델은 바닥에 드러누워 다리를 들어올려본다. 역까지 가서 기차에 오르거나 그게 아니라면 기찻길에 몸을 던질 힘이라도 있었으면 좋겠다. 그 무엇보다, 마을의 언덕들, 검정 콜롱바주 주택, 거대한 고독, 뤼시앙과 리샤르를 다시 만나고 싶다. 지린내가 나는 타일 바닥에 한쪽 뺨을 댄 채 그녀가 울고 있다. 아무것도 할 수 없다는 사실에 그녀가 운다.

몸을 일으켜본다. 찬물이 콸콸 쏟아지는 수도꼭지 아래 머리를 담근다. 거울 속, 물에 빠진 사람의 얼굴을 한 그녀가 있다. 푸르스름한 안색, 앞으로 불거진 눈, 창백한 입술.

아무도 알아보지 않는 바 안으로 되돌아간다. 빽빽한 안갯속을 부유하는 느낌이다. 살짝 취기가 오른 청소년 무리가 어깨와 어깨를 부둥켜안고 고래고래 노래를 부르며 팔짝팔짝 뛰어오른다.

젊은 남자가 아델의 어깨를 치자 아델은 소스라치듯 놀란다.

"어디 갔었어? 괜찮아? 완전 창백하잖아."

남자가 천천히 한쪽 손을 들어 아델의 얼음장 같은 뺨을 어루만져준다.

아델이 미소 짓는다. 순하고 가여운 미소. 아델이 좋아하는 노래다. You give your hand to me.[11] 남자의 품에 쓰러져 리듬에 몸을 맡긴다. 그가 손가락 사이로 앙상한 아델의 옆구리를 조인다. 힘껏 그녀를 끌어안고 두 손으로 아델의 맨 팔뚝을 비벼 온기를 준다. 아델은 한쪽 뺨을 그의 어깨에 포개고 두 눈을 감는다. 서서히, 두 사람의 발이 움직인다. 오른쪽에서 왼쪽으로. 남자가 아델의 손을 잡아 천천히 자기 쪽으로 그녀를 회전시키고 그제야 아델은 눈

---

11) 캐나다 출신 재즈팝 보컬리스트 마이클 부블레의 「You Don't Know Me」 중 한 구절.

을 뜬다. 아델은 남자에게 미소 짓고 그의 목덜미에 입술을 붙인 채 노래를 흥얼거린다.

"Well, you don't know me."

노래가 끝난다. 신나는 음악이 시작되자 사람들이 소리를 질러댄다. 사람들이 한꺼번에 몰려드는 통에 두 사람은 서로를 놓친다. 아델은 두 손을 목덜미 뒤로 깍지 낀 채 두 눈을 꼭 감고 춤을 춘다. 아델은 손을 내려 자기 가슴을 어루만지다가 두 손을 사타구니 위로 모은다. 점점 더 빨라지는 음악에 맞추어 팔을 치켜든다. 엉덩이, 어깨를 움직이고 머리를 이쪽저쪽으로 흔든다. 아델은 고요한 파도에 사로잡혀 있다. 세상에서 빠져나가는 듯한, 은혜의 한순간을 살아가는 듯한 느낌에 빠진다. 몇 시간이고, 때로는 혼자 무대 위에서 춤추던 청소년 시대의 쾌락을 되찾는다. 순수하고 예뻤던 시절. 그 시절엔 부끄러운 게 없었다. 위험을 미리 짐작해본 적도 없다. 그녀가 하고 있던 일의 전부가 바로 그녀 자신이었고, 그녀가 생각한 더 멋지고 더 높고 더 위대하며 더 자극적인 미래는 다른 사람 아닌 오직 그녀의 것이었다. 이제 리샤르와 뤼시앙은 희미한 추억에 지나지 않았다. 서서히 엷어지다가 마침내 사라지는 터무니없는 추억.

어지러움에도 아랑곳없이 아델은 뱅글뱅글 돈다. 두 눈을 반쯤 감고 어두운 홀을 작게 비추는 불빛들을 느낀다. 그것으로 균형을 잡는다. 이 고독 아주 깊은 곳까지 잠기고 싶지만, 사람들이 그녀를 잡아 그들 곁으로 끌어낸다. 누군가 그녀를 등 뒤에서 껴안자, 이제 그녀는 그의 성기에 엉덩이를 비벼댄다. 사람들의 웃음소리가 그녀의 귀엔 들리지 않는다. 돌아가며 그녀에게 몸을 비비고, 꽉 끌어안았다가 비웃음을 날리는 남자들끼리 주고받는 묘한 시선을 그녀는 보지 못한다. 아델도 따라 웃고 있다.

눈을 떴을 때, 그 젊고 착한 남자는 이미 사라지고 없었다.

플랫폼에서 그가 기다리고 있었다. 오후 3시 25분 기차엔 그녀가 없었다. 오후 5시 12분 기차에도 없었다. 그녀의 핸드폰으로 전화를 걸어보았다. 받지 않았다. 커피를 세 잔 연달아 마셨고 신문을 한 부 샀다. 열차에 오르다가 그를 발견하곤 누구를 기다리는지 묻는 환자들에게는 희미하게 웃어주었다. 저녁 7시, 리샤르는 역을 떠난다. 아델의 부재에 넋이 나간 그는 이내 숨도 쉬지 못할 상태가 된다. 그 어떤 것도 그의 고뇌를 덜어주지 못한다.

병원으로 돌아가지만, 대기실은 텅 비어 있다. 응급 사태에도 정신은 딴 곳에 있다. 서류를 몇 건 들여다보지만,

일을 하기엔 극도로 예민한 상태다. 오늘 밤을 아델 없이 보내야 한다는 걸 생각할 수도 없다. 그녀가 돌아오지 않을 거라는 사실을 믿을 수 없다. 이웃에게 전화를 걸어 거짓말을 한다. 응급 환자가 생겼으니 뤼시앙을 좀 더 늦게까지 봐달라고.

친구들이 기다리는 레스토랑을 향해 걷는다. 치과의사 로베르, 상무이사 베르트랑. 그리고 드니. 드니가 정확하게 무슨 일을 하는지는 아무도 모른다. 지금까지 리샤르는 늘 이 무리를 피해왔다. 그에게는 무리 지으려는 본능이 없었다. 의대 시절부터 그는 같은 과 학생들에게서 조금쯤 거리를 두었다. 당직실에서 그들이 나누는 야한 얘기들에 그는 무심했다. 간호사와 잤다고 떠벌리는 동료들의 모험담을 듣고 싶지 않았다. 여자와 정복에 대한 일화에서 부유하는 혈기 왕성한 남자들의 쉽고 부질없는 음모로부터 그는 늘 도망쳤다.

날이 무척 더워 친구들은 테라스에서 기다리고 있다. 이미 로제와인을 몇 병 비운 터여서 리샤르는 그들의 취기를 따라잡기 위해 위스키를 주문한다. 그는 예민하고 초조해 보인다. 누구에게든 싸움을 걸고 화를 냈으면 싶다. 하지만 시비를 거는 친구는 아무도 없다. 전부 무겁고 무료하며 시시하다. 로베르가 진료실 관리비 얘기를 꺼내며 리샤르의 동조를 구한다.

"진짜 너무 비싼 것 같지 않아? 안 그래, 리샤르?"

베르트랑이 차분하고 친절한 어조로 사회적 연대의 필요성에 대해서, 그것이 없다면 엉망진창이 되고 말 우리 사회의 시스템에 대해 일장 연설을 늘어놓는다. 퍽 심성이 착한 드니가 따라한다.

"그런데 두 사람 다 똑같은 말을 하는 것 같아. 둘 다 맞아."

식사가 끝날 무렵 리샤르의 턱이 떨려온다. 서글프고 관능적인 취기가 올라온다. 울음을 터뜨리고 대화를 뭉텅 잘라내고 싶은 욕망. 눈앞에 놓아둔 핸드폰 화면에 불이 들어오기만 하면 흠칫 놀란다. 아델에게선 전화가 없다. 와인을 다 마시기도 전에 리샤르는 테이블을 떠난다. 리샤르로 하여금 빨리 집에 가고 싶어 안달하게 만드는 아델의 대단한 미모에 대해 로베르가 빈정거린다. 리샤르는 미소와 함께 동의의 윙크를 보내고 레스토랑을 나선다. 입술이 두툼한 그 미련 곰퉁이 녀석의 낯짝에 주먹이라도 한 방 먹였어야 했다. 마누라 위에 올라타는 영광을 누리려고 집에 간다는 말인가.

미끄러운 도로를 빨리 달린다. 밤은 후덥지근하고 멀리서 폭풍우 소리에 놀란 말들이 울부짖는다. 차를 세운다. 자동차에 앉아 집을 바라본다. 바깥쪽이 녹슨 창틀, 나무 벤치, 아침 식사를 하는 식탁. 새둥지 모양을 이루어 집을 감싸주는 언덕들. 아델을 위해 선택한 집이었다. 아델은 신경 쓸 일이 없다. 삐걱거리는 덧창을 손본 것은 그였고, 작은 테라스를 따라 보리수나무를 심은 것도 그였다.

어렸을 때 했던 것처럼 그는 혼자서 내기를 건다. 만일 아내가 돌아오면 모든 게 달라질 거라고. 더는 아내를 혼자 두지 않을 것이다. 집 안을 장악한 침묵을 몰아낼 것이다. 그녀를 바짝 당겨 그의 모든 얘기를 들려주고 그녀의 모든 얘기를 들어줄 것이다. 원망도 후회도 없는 이야기들을. 아무것도 모르는 사람처럼 굴겠다. 그리고 미소로 물을 것이다.

"기차를 놓쳤어?"

그리고 다른 얘기를 나누다 보면 모든 게 잊힐 것이다.

그의 착각인지 몰라도 지금 아델은 그 어느 때보다 아름답다. 파리를 떠난 이래 아델의 얼굴엔 망연자실의 기색이

생겨났다. 돌이킬 수 없는 그 기색으로 눈가가 언제나 촉
촉했다. 다크서클도 사라져 눈이 커보였다. 눈꺼풀은 무대
한복판 못지않게 넓어졌다. 밤이면 편안한 잠을 잔다. 구
설수도 비밀도 없는 숙면이다. 옥수수밭, 주택들이 늘어선
동네, 어린이들이 노는 작은 공원에 대한 꿈을 꾸었다고
말한다. 그는 감히 물어보지 못한다.

"지금도 바다에 대한 꿈을 꿔?"

건드리는 법은 절대 없지만 그는 그녀의 몸을 훤히 꿰고
있다. 매일매일 그녀를 샅샅이 탐색한다. 무릎, 팔꿈치, 발
목. 아델의 몸은 이제 멍들지 않는다. 열심히 찾아보았지
만 아델의 피부는 매끄럽고 마을을 두른 벽만큼이나 창백
하다. 아델에겐 더 이상 나올 얘기가 없다. 아델은 이제 침
대 난간에 몸을 부딪히지 않는다. 싸구려 카펫에 등이 쓸
리는 일도 없다. 머리칼 속에 난 혹을 감출 일도 없다. 아델
은 살이 붙었다. 그녀의 여름 원피스 속 둥실해진 엉덩이,
좀 더 묵직해진 배, 단단함이 풀려 손대기 딱 좋은 그녀의
피부를 가늠해본다.

리샤르는 그녀를 안고 싶다. 언제나. 사납고 이기적인
욕망. 종종 어떤 행동이든 취하고 싶어진다. 그녀를 향해

손을 내민다든가. 하지만 그는 언제나 그렇게 머물러 있다. 멍청하게 꼼짝 않은 채. 악을 쓰려는 아이의 입을 손바닥으로 가리듯 자기 성기 위에 한 손을 가만히 올려본다.

그럼에도, 리샤르는 그녀의 젖가슴에 얼굴을 묻고 흐느끼고 싶다. 그녀의 살결에 매달리고 싶다. 그녀의 두 무릎 위에 머리를 내려놓고 그를 배신한 위대한 사랑으로부터 위로받고 싶다. 그녀를 밟으며 오고 간 남자들. 그것이 그의 분노와 집착을 깨운다. 멈춤을 모르던 그 왕복 운동, 그녀를 어딘가로 데려갈 것도 아니면서 도무지 멈추려 들지 않던 그 왕복 운동, 맞부딪치는 살들, 물컹거리는 허벅지 살, 욕망으로 번들거리는 시선들. 주먹다짐 같은, 불가능한 탐색 같은, 기필코 상대의 비명을 뽑아내고야 말겠다는 굳건한 의지와도 같은, 그녀의 깊은 곳에 잠든, 모든 풍경을 뒤흔드는 흐느낌과도 같은 그 왕복 운동. 언제나 다른 생의 기약, 아름다움과 다정함의 가능성의 기약일 뿐, 결코 그의 것은 될 수 없는 그 왕복 운동.

차에서 내려 집으로 걸어들어간다. 술에 취해 토할 것 같은 기분에 벤치에 앉는다. 주머니를 뒤져 담뱃갑을 찾는다. 가진 게 없다. 그는 언제나 아내의 담배를 피웠다. 그녀가 떠나선 안 된다. 그를 버려선 안 된다. 자신을 용서한 이를 배반하는 일은 없는 법이다. 혼자 집에 들어가 "엄마는 어딨어? 엄마는 언제와?"라고 묻는 뤼시앙에게 뭐든 대답해야 하는 스스로를 생각하며 그가 코를 훌쩍인다.

그녀가 숨은 곳으로 찾으러 가겠다. 그녀를 데려오겠다. 그녀에게서 두 번 다시 눈을 떼지 않겠다. 둘째를, 엄마의 눈과 아빠의 단단한 마음을 물려받을 여자아이를 낳을 것이다. 아델의 마음을 빼앗고, 맹목적인 사랑을 퍼부어도 아깝지 않을 여자아이. 그러다 언젠가는 그녀도 일상의 하찮은 일들에 만족감을 느낄 날이 올 것이다. 거실을 꾸미고, 어린 딸의 방에 바를 새 벽지를 고르느라 몇 시간을 보내는 그녀의 모습에 그는 당장 죽어도 좋을 정도로 행복할 것이다. 말수가 늘고, 변덕도 부리는 그녀의 모습에.

아델은 늙어갈 것이다. 머리칼이 하얗게 셀 것이다. 속눈썹이 옅어질 것이다. 아무도 그녀를 거들떠보지 않을 것이다. 그가, 바로 그가 그녀의 손목을 끌어당길 것이다. 그가 그녀의 얼굴에 일상을 새겨넣을 것이다. 그의 자취가 만든 먼지 속으로 그녀를 이끌고, 허공을 두려워하는 그녀가 곤두박질치고 싶어 할 때면 무슨 일이 있어도 그녀를 놓치지 않을 것이다. 그러다 어느 날, 양피지 같은 그녀의 살결에, 주름진 그녀의 뺨에 입을 맞출 것이다. 그녀를 발가벗길 것이다. 아내의 성기 속에서 팔딱이는 피가 자아내는 메아리를 들으면서.

이제 그녀도 단념할 것이다. 그녀가 떨리는 머리를 그의 어깨에 기대어오면 그는 닻을 내린 한 육신의 무게를 온전히 느낄 것이다. 그의 몸 위로 묘지의 꽃들을 다발째 뿌려주고, 그렇게 죽음에 다가갈수록 그녀는 다정해질 것이다. 내일이 오면 아델은 영원한 휴식에 들 것이다. 그리고 뼈가 벌레 먹고, 관절이 녹슨 그녀는 사랑을 나눌 것이다. 여전히 사랑을 믿는, 두 눈을 감은, 그리고 더 이상 아무 말도 하지 않는 가여운 노파처럼 사랑을 나눌 것이다.

아델, 그게 끝이 아니야. 아니야, 그렇게 끝나지 않아. 사랑은 인내일 뿐이야. 경건하고 열정적이며 폭군과도 같은 인내. 비이성적일 정도로 낙천적인 인내.

우리는 아직 끝난 게 아니야.

참을 수 없이 절망적인 욕망에 대하여

2016년 11월 초, 공쿠르상 수상작으로 레일라 슬리마니의 『달콤한 노래』가 선정되었다는 소식을 듣자마자 나는 그녀의 첫 번째 장편 소설 『그녀, 아델』을 떠올렸다. 수상작이 달달한 제목 속에 날선 발톱을 감춘 스릴러라면, 데뷔작은 제목에서부터 음산한 기운을 전한다.(이 작품의 원제는 『식인귀의 정원(Dans le jardin de l'ogre)』이다.)

유럽 민담에서 아이들을 잡아먹는 무시무시한 괴물로 그려지는 식인귀, 오그르가 어딘지 허술하고 다소 인간적이기도 한 이미지를 입게 된 건 17세기 프랑스 동화 작가 샤를 페로 덕분일 것이다. 「엄지 동자」 속 식인귀는 헷갈린 나머지 제 딸을 잡아먹는 허당이며,「장화 신은 고양이」에 등장하는 식인귀는 고양이에게 보기 좋게 속아 오히려 잡아먹히고 만다. 어리숙하고 순한 식인귀의 이미지는 영화「슈렉」에서 결정적으로 대중화된다. 잔인하고 무시무시한 괴물이라고 미움받는 탓에 외딴 곳에서 혼자 살아가는 슈렉의 모태는 바로 식인귀에 다름 아닌 것이다. 이렇듯 동화적 상상력이 더해진 식인귀는 못생기고 쓸데없이 힘만 세지만 속이 여리고 어수룩해 속아 넘어가는 게 어울리는 존재로 바뀌었다. 하지만 오그르라는 말의 라틴어 어원은 오르쿠스(orcus), 즉 '죽은 자들의 세계'와 긴밀히 연결되어 있으며, 로마인들은 오그르에서 지옥의 신을 읽어냈음을 잊어선 안 된다.

레일라 슬리마니의 작품 속 식인귀는 샤를 페로의 동화 속에 묘사된 어수룩한 존재라기보다는 식인귀 본래의 의미에 가깝다. 그것은 무시무시하고 힘이 세며 사람을 통째로 집어삼킬 정도로 죽음과도 가까운 존재이다. 그리고 이 소설은 '식인귀의 정원에 놓인 하나의 인형이 되고 싶은' 한 여자, 아델의 이야기이다.

아델, 님포매니악

아델. 파리지앵, 35세, 지성과 미모를 겸비한 신문사 기자. 그녀에게는 돈 잘 버는 외과의사 남편이 있고, 세 살 난 아들 뤼시앙이 있다. 언뜻 아델은 우리가 흔히 행복의 기준으로 꼽는 틀 속에 한 송이 꽃처럼 들어 앉아 있는 것 같다. 하지만 아델에게는 도무지 이성의 힘으로 떨치기 어려운 본능이, 그녀 스스로도 "나 자신보다 더 힘센 어떤 게 날 움직인다"고 하소연하는 것이 있다. 그 힘 앞에선 직업적 야망도, 남편을 향한 충실한 애정도, 아들을 위한 모성도, 행복한 가정을 유지하겠다는 의지도 전부 무너진다. 그녀는 심각한 님포매니악이다.

이쯤 되면 이 작품은 성욕 과잉증, 성적 강박증, 혹은 섹스 중독증이라고도 불리는 한 님포매니악의 질환, 징후, 예후에 관한 이야기가 된다. 우리가 흔히 색마 또는 색광이라 부르며 광기나 불순함으로 치부하는 통제 불능의 욕망 앞에서 무기력하게 무너져 내리는 님포매니악의 고통과 추락을 모로코 출신의 젊은 작가 레일라 슬리마니가 과감하게, 날카롭게, 차갑게 그려내고 있는 것이다. 그러하기에 "섹스에 관한 노골적이며 서늘한, 그리고 폭력적인 소설"이라는 《리베라시옹》(2014년 9월 29일자) 평단의 반응은 더욱 설득력을 얻는다. 제어 능력을 상실한 욕망, 주체를 짓이기고 피어오르는 욕망은 이제 쾌락과는 점점 멀어져 폭력이 된다. 그것은 어쩌면 욕망을 억누르고자 스스로에게 휘두르는 폭력이 아닐는지. 식인귀처럼 아델을 집어삼킨 욕망은 그녀의 육체 속에서 기어이 절망이 되고 질병이 된다.

혼자 남겨지는 것이 두려운 나머지("그녀가 두려워하는 건 남자가 아니라 고독이다.") 인터넷 사이트를 통해 만난 두 남자와 맺는 극단적인 관계에서 아델의 '질병'은 폭발한다. 한눈에도 건달로 보이는 청년들 앞에서 코카인과 샴페인에 취해 더 극단적인 자극을 찾아달라고 짐승처럼 울부짖으며 호소하는 아델의 몸짓은 천형과도 같은 자신의 질병을 향해 내리꽂는 비수이자, 그것을 질병이 아닌 지독한 취미로 단죄하며 백안시하는 사회를 향해 던지는 저항의 몸부림 같기도 했다.

이 미치광이 같은 하룻밤을 호되게 보내고 난 뒤 만신창이가 된 몸으로 네 발로 기어 화상실로 향하는 아델의 아슬아슬한 뒷모습은 얼마나 쓸쓸한가.

레일라 슬리마니, 라바트에서 파리까지

레일라 슬리마니는 1981년 모로코의 수도 라바트에서 출생했지만, 프랑스에서 경영학을 전공한 아버지와 모로코 최초의 여의사인 어머니 덕분에 아랍어보다는 프랑스어가 더 친숙한 환경에서 성장했다. 그녀는 1999년 프랑스의 수학능력시험에 해당하는 바칼로레아를 치른 뒤 프랑스로 날아온다. 파리 인문학 그랑제콜 준비반에 입학했다가 파리 정치 대학(시앙스 포)를 졸업하고, 한동안 배우 수업을 받으며 배우를 꿈꾸기도 했다. 이후 상경계 그랑제콜에서 매스미디어를 공부하던 중 시사지《렉스프레스》를 거쳐《젊은 아프리카(Jeune Afrique)》에서 북아메리카 전문 기자로 근무한다.

전업작가가 된 지 2년 만인 2014년에 발표한 『그녀, 아델』은 님포매니악이라는 참신하고 자극적인 주제뿐 아니라 칼로 벼리듯 날카롭고 냉정하며 사실적 문체로 평단의 주목을 받았고, 같은 해 플로르상(prix de Flore)의 최종 후보로 선정되기도 했다. 2016년 발표하고 같은 해 공쿠르상을 수상한 『달콤한 노래』가 심리 스릴러에 속한다면, 데뷔작 『그녀, 아델』은 이성의 통제를 벗어난 욕망에 대한 절

망적 보고서라고 불러도 좋을 것이다. 그래서 작가의 다음
행보가 무척 기대된다.

2018년 여름 프랑스 브장송에서

이현희

옮긴이 이현희

대학에서 불문학을, 대학원에서 한국 현대시를 공부하고 출판사에서 일했다. 2005년부터 프랑스의 브장송에서 살고 있다. 부르고뉴-프랑슈콩테 대학에서 《보들레르의 악의 꽃 (재)번역 연구》로 석사 학위를 받았으며, 지금은 같은 대학에서 비교문학 박사 학위 논문을 쓰며 문학 작품을 기획, 번역하고 있다. 『세상의 마지막 밤』 『인생은 짧고 욕망은 끝이 없다』 『바보 아저씨 제르맹』 『위험한 패밀리』 『노아 1, 2』 등을 우리말로, 『멈추면, 비로소 보이는 것들(Ce que l'on voit en s'arretant)』 등을 프랑스어로 옮겼다.

그녀, 아델

1판 1쇄 발행 2018년 9월 5일
1판 2쇄 발행 2018년 10월 10일

지은이 레일라 슬리마니 옮긴이 이현희
펴낸이 김영곤 펴낸곳 아르테
문학사업본부 본부장 원미선
책임편집 양한나 해외문학팀 손미선 정혜경 임정우 이현정
해외기획팀 임세은 이윤경 장수연 디자인 소요 이경란
문학마케팅팀 정유선 임동렬 조윤선 배한진 문학영업팀 권장규 오서영
홍보팀장 이혜연 제작팀장 이영민

출판등록 2000년 5월 6일 제406-2003-061호
주소 (우 10881) 경기도 파주시 회동길 201(문발동)
대표전화 031-955-2100 **팩스** 031-955-2151

ISBN 978-89-509-7662-0 03860

(주)북이십일 경계를 허무는 콘텐츠 리더

아르테 채널에서 도서 정보와 다양한 영상자료, 이벤트를 만나세요!
네이버오디오클립 / 팟캐스트 [클래식클라우드] 김태훈의 책보다 여행
페이스북 facebook.com/21arte   블로그 arte.kro.kr
인스타그램 instagram.com/21_arte   홈페이지 arte.book21.com